별을 쫓는
소년들

WITH TOMORROW X TOGETHER

별을 쫓는
소녀들

WITH TOMORROW X TOGETHER

별을 쫓는
소년들

WITH TOMORROW X TOGETHER

별을 쫓는
소년들

WITH TOMORROW X TOGETHER

별을 쫓는
소녀들

WITH TOMORROW X TOGETHER

별을 쫓는
소년들

WITH TOMORROW X TOGETHER

WITH TOMORROW X TOGETHER

기획/제작
HYBE

공동기획

WITH +OMORROW × +OGETHER

5
WEBNOVEL

학산문화사

별을 쫓는
소녀들
WITH +OMORROW X +OGETHER

차례

제 49 화

미궁 앞에서

날이 밝은 다음 날. 화창한 햇살이 부서지며 스타원의 눈두덩을 때리기 시작했다. 아비스는 시린 눈을 비비며 간이 침구에서 일어나 숙소 밖으로 걸어 나왔다.

어제 하루 동안인데도 너무 많은 일들이 있어서인지 어깨가 결리며 약간 피곤했다. 눈을 감은 채 한쪽 어깨를 손으로 잡고 빙빙 돌리며 몸을 풀고 있자, 다른 멤버들도 한둘씩 밖으로 나왔다.

다들 눈이 부시고 피곤한지, 아비스처럼 눈을 반쯤 감은 채였다. 하지만 예외가 있었다. 유진은 비몽사몽한 멤버들 사이에서도 화려하게 몸을 움직이며 남다른 방식으로 몸을 풀고 있었다. 원래도 피지컬이 좋은 멤버였지만, 마법을 쓸 수 있게 되면서부터는 마치 영화에 나오는 액션 배우처럼 몸짓이 날랬다.

감탄하듯 유진을 바라보던 아비스가 발아래로 시선을 돌렸다. 녹초가 되어 완전히 뻗은 채 누워 있는 비켄이 보였다.

콕콕.

아비스는 그 앞에 쪼그려 앉아 나뭇가지로 비켄을 찔러 보았다.

"저기요, 형. 살아 계신가요?"

그러자 비켄은 흠칫 놀라며 눈을 번쩍 뜨고 말했다.

"……꼬, 꽃! 뭐야! 벌써 해가 뜬 거야?"

비켄은 자리에서 벌떡 일어나다가 중심을 잃고 비틀거렸다. 아비스는 얼른 붙잡아주었다.

비켄은 가장 먼저, 아마도 밤새 마력을 불어넣었을 싹을 찾아보았다. 잠시 두리번거리자, 눈앞에 예쁘게 꽃을 비운 줄기가 있었다.

"오, 오오. 성공했구나! 중간에 지쳐서 잠들어버렸는데, 다행이다. 크흡……"

비켄은 감격스럽다는 듯 울상을 지은 채 꽃을 바라보았다. 아비스도 조금 놀랐다. 어제까지는 씨앗에서 새싹을 틔우는 데 성공했지만, 어느새 여러 봉우리가 지고 꽃도 피운 채였다.

다른 멤버들도 삼삼오오 모여들어 꽃을 구경했다.

"와, 대단하다. 비켄, 고생했어."

솔의 말에 비켄은 조롱박 곰을 껴안으며 활짝 웃었다.

"고마워! 고생은 좀 했지만, 그래도 뿌듯하네."

빠!

조롱박 곰은 맞다는 듯 귀엽게 울어주었다. 그때 비켄의 말에 동조하는 다른 목소리도 들려왔다.

"그러게, 정말 굉장하네. 피우기 까다로운 꽃인데, 많이 애썼겠구나."

장인은 바닥에 앉아서 꽃잎을 조심스럽게 쓰다듬었다. 그러곤 한 발자국 뒤로 떨어져서는 허공에 천천히 손을 들어 올렸다.

그러자 꽃들은 뿌리에 흙을 매단 채 공중으로 솟아올랐다. 잘은 모르겠지만, 세심하게 힘을 조절하는 것인지 장인의 이마에 땀방울이 송골송골 맺혔다.

선선한 바람이 불어와, 바람결에 장인의 옷자락이 흩날렸다. 바람이 땀방울을 말릴 때까지 장인은 한참을 하늘을 바라보고 서 있었다.

이내 결심한 듯 돌아섰다.

"⋯⋯준비를 다 마쳤으니, 슬슬 미궁으로 안내할게."

목소리는 다정했지만, 왜일까, 조금 서글프게 들렸다.

스타원은 앞서 걷는 장인을 따라 길을 걸었다. 장인이 마력으로 축지법을 쓸 수 있게 해 주어, 몇 걸음 걷지 않은 듯했는데 어느새 미궁 앞에 도착했다.

타호가 장인의 뒤에서 비켄에게 속삭였다.

"이 능력, 우리는 쓸 수 없을까? 무척 편하다."

"그러게. 이런 걸 보면, 마법은 정말 편리한 것 같아. 우리도 빨리 이렇게까지 발전하면 좋을 텐데."

"글쎄, 그러려나⋯⋯."

타호는 비켄의 말을 듣고 잠시 생각에 빠졌다. 확실히 마법은 인기를 비약적으로 얻게 해주었고, 생활도 편리하게 해주었지만, 왜일까. 빙의 마법을 할 때 느끼는 고통만 생각하면 이대로 강해지기만 해도 괜찮을지 의문이 들었다. 세상의 멸망이니 구원이니 하는 단어들에 대해서도 거부감이 들었다. 그냥 이 정도 수준에만 머물러도 좋을 것 같은데.

어깨에 무거운 돌덩이가 가득 얹혀 있는 듯한 기분이 들었다. 과정은 아프고, 목표는 모호하며, 부담은 가득했다.

계속되는 괴한의 습격에 맞서기 위해서는 어쩔 수 없지만, 수련을 할수록 회의감도 커져갔다.

'에이, 쓸데없는 생각이겠지.'

그중에서도 마법에 관해 생각이 많은 타호는, 애써 머리를 털어내며 슬쩍 주위를 둘러보았다.

순간, 감탄이 절로 나왔다. '미궁'이라는 말을 들었을 때에는 단순히 커다란 장벽으로 둘러싸인 회색빛 구조물일 줄로만 상상했다.

하지만 스타원의 눈앞에 펼쳐진 건 웅장하고 아름다운 유적지였다. 반짝반짝 빛나는 검은색 돌들이 알알이 박힌 채 끝없이 펼쳐져 있었다.

"내가 본 어떤 건물보다 거대한 것 같아."

타호는 조심스럽게 돌을 매만졌다. 손끝에 섬세한 무늬들이 느껴졌다. 단순한 돌이 아니라, 세세하게 음각이 새겨져 있었다. 문양을 자세히 보려는 순간, 만졌던 돌이 벽 안으로 사라졌다.

"어? 이거 움직여요?"

거대한 유적은 스스로 모습을 변화시켰다. 장인은 놀라워하는 스타원을 보며 미소 지은 채 고개를 끄덕였다.

"심지어 색도 변해."

돌은 검은색이었던 것이 무색하게 지금은 하얀색이었다. 돌이 하나씩 색을 바꾸자, 건축물의 구조도 함께 바뀌었다. 아로새긴 문양들은 서로 이어졌다가 흩어지기를 반복했다.

솔은 자기도 모르게 중얼거렸다.

"아름답다."

순수한 감상에, 작게 웃는 소리가 들렸다. 슬쩍 돌아보니, 장인이 입을 가리고 웃고 있었다.

미궁의 용도는 그런 게 아닐 텐데. 아름답다니, 실례로 들릴 수도 있었다. 솔은 바로 고개를 살짝 숙이며 사과했다.

"죄송합니다."

"아니야. 아름답게 보인다니 새롭구나. 사실 저 문양 하나하나가 봉인을 위한 장치야. 색과 배치가 바뀌는 건 미궁의 입구를 교란시키기 위한 거고."

장인은 자신이 만든 미궁을 물끄러미 바라보았다.

"사실 내 모든 기술을 쏟아부은 역작이기도 해. 나는 이걸 보면 슬픈 감정이 먼저지만…… 아름다울 수도 있구나, 그래."

솔이 다시 한번 사과하려고 할 때였다. 장인은 웃으면서 말했다.

"사과하지 않아도 돼. 멋지게 봐주니 고맙지."

남자는 옅게 웃었다. 깃털처럼 부드러운 미소였지만, 솔에게는 그게 아픔을 참는 것처럼 보였다.

"자, 그럼 이제 들어가야지."

장인은 고개를 들어 미궁 입구를 바라보며 말했다. 스타원도 입구를 바라보았지만, 앞에 있던 입구는 어느새 또 자취를 감추고 다른 곳에서 생겨나기 일쑤였다.

멤버들이 당황한 사이, 장인은 미궁 벽에 손바닥을 댔다. 그러자 한 줄기 빛이 돌에 새겨진 문양들을 따라 굽이쳐 흘러가기 시작했다.

빛줄기가 지나가는 선을 따라, 돌들은 자아를 가지고 있는 것처럼 나란히 움직였다. 이윽고 한 사람이 간신히 들어갈 만한 작은 문이 생겨났다.

"저곳이 입구야. 평소에는 열리지 않지만, 지금은 내가 임시로 고정해 놓았어."

아비스는 문을 바라보다가 장인을 향해 물었다.

"이제, 저희가 뭘 하면 될까요."

"이 꽃을 미궁 안에 심어주면 돼."

장인이 말하자 허공에 떠 있던 꽃들이 아비스의 앞으로 다가갔다.

"입구에서 야명주가 밝혀주는 빛을 따라 그 길로 쭉 따라가면, 하얀 기둥이 나올 거야. 그곳 앞에 심어줘. 내가 직접 가면 좋겠지만, 아쉽게도 이 꽃은 심은 사람에게는 효과가 없어."

"얄미운 꽃이네요."

비켄이 입을 내밀고 말했다.

"얄궂은 꽃이지. 하지만 효과는 확실해. 이 꽃이 내뿜는 향기는 마력을 단숨에 끌어올려줘. 물론 부작용이 있지만 말이야."

"부작용이라니요?"

"환각 증세가 생겨서, 보고 싶었다거나 피하고 싶었던 물체를 보게 해. 미숙한 마력을 가진 이가 사용하면 바로 정신을 잃고 평생 환각 속을 헤매게 되지."

유진이 앞으로 나와 말했다.

"하지만 마력을 끌어 올려주잖아요. 환각 정도야 참을 수 있을 것 같은데, 저희에게도 나눠 주시면 안 되나요?"

"안 돼."

장인이 단호히 말했다. 늘 부드럽게 짓고 있던 미소를 싹 지운 채였다. 장인의 반응에 스타원은 순간 흠칫 놀랐다.

"생각보다 위험한 물건이야, 이건. 나도…… 끝을 염두에 두고 있으니 최후의 수단으로 사용하려는 것이기도 하고 말이야."

장인은 말하고 슬프게 웃었다.

"미궁을 닫으려면 마력이 꽤나 많이 필요하거든."

장인은 덤덤히 말했다. 미궁을 닫기 위해서라곤 하지만, 스타원은 장인이 말한 '끝'이란 그게 아니란 사실을 어렴풋이 느낄 수 있었다.

멤버들이 침묵하고 있을 때, 아비스가 한 발자국 앞으로 나서며 말했다.

"제가 할게요."

멤버들은 모두 걱정된다는 눈빛으로 아비스를 바라보았지만, 아비스는 고개를 절레절레 저으며 말했다.

"넓은 미궁에서 움직이려면 타와키를 타는 게 가장 안전하고 빠르잖아."

솔은 일리가 있다는 듯 고개를 끄덕이다가 말했다.

"그럼, 나도 같이 갈게. 타와키에 두 명은 탈 수 있잖아."

그러자 유진이 바로 나섰다.

"아니, 내가 갈게."

"안 돼."

그를 반대한 건 의외의 이였다. 장인은 고개를 저으며 말했다.

"미궁 안에 들어갈 수 있는 사람은 한 번에 한 명뿐이야."

장인은 어느새 손에 든 목걸이를 만지작거리며 말했다.

"미궁 속 악령에게서 보호해줄 수 있는 수호부를 차고 가야 하는데, 이건 한 개뿐이거든."

스타원은 서로를 바라보았다. 아비스는 웃으면서 말했다.

"형들, 내가 갈게."

솔은 내키지 않지만 고개를 끄덕였다. 항상 귀여운 막내였지만, 지금은 왠지 무척 든든해 보였다.

"그래. 하지만 꼭 조심해야 해. 명심해."

"알겠어. 괜찮아. 혼자 가는 것도 아니고."

아비스가 손을 뻗으니, 타와키가 부드럽게 내려앉았다. 타와키도 오늘따라 특히 더 늠름해 보였다.

장인은 화려한 목걸이를 아비스에게 걸어 주었다. 보석 때문인지 생각보다 무게가 무거워서 두 손으로 보석을 받치고 있을 때였다.

장인 목걸이 앞에서 작게 주문을 외웠다.

순간, 작은 문양들이 목걸이를 타고 올라갔다. 겹친 문양들은 잠시 빛났다가 금세 사그라졌다.

"수호부가 악령이 다가오지 못하게 최대한 지켜줄 테지만, 잊지 마. 저 안에는 세상을 멸망시킨 강력한 악령이 있어."

"아…… 네."

아비스는 자신도 모르게 침을 꿀꺽 삼켰다.

"안전이 최고야. 중간에 무리다 싶으면 그만두고 바로 나와. 아, 꽃을 가져가야 하는구나. 음……."

"그냥 손에 들고 가도 돼요."

장인은 고개를 저었다.

"안 돼. 이 꽃은 강력하지만 약해. 자신을 함부로 대하는 걸 극도로 싫어하지. 들고 가다 떨어지기라도 하면 바로 시들 거야."

꽃을 어떻게 하면 안전하게 가져갈 수 있을까 고민하던 바로 그때였다.

부욱-!

부드러워 보이는 하얀 깃털이 장인의 손에 수북이 뽑혀 나왔다.

제 50 화
현혹

장인의 기묘한 행동을 모두 입을 헤 벌린 채 바라만 보던 스타원은 황급히 장인의 날개를 살폈다.

"뭐, 뭐 하시는 거예요! 아픈 거 아니에요?"

솔이 기겁하며 묻자, 장인은 태연하게 대답했다.

"괜찮아. 머리카락 뽑히는 정도?"

"그것도 아픈데……."

솔은 자기도 모르게 머리카락을 매만졌다. 상상만 해도 두피가 아려왔다. 하지만 깃털 뽑은 것은 뒤이어 놀랄 것에 비하면 아무것도 아니었다.

장인이 새하얀 깃털에 입을 맞추자, 꽃들이 깃털 안으로 쑤욱 빨려 들어갔다.

"놀랍지? 이걸 아공간형 아티팩트로 기능할 수 있게 했어."

타호가 매우 놀랍다는 듯 눈을 빛내며 말했다.

"우와, 우리도 이런 능력이 있으면 좋겠어요."

"음, 아직 병아리라서 그래. 시간이 지나면 가능해질 거야."

장인은 깃털을 아비스의 윗주머니에 잘 넣어줬다.

"도중에 흘리지 말고 잘 다녀 와. 꽃은 네가 도착해서 나오길 원할 때 나타날 거야."

아비스는 주머니에 든 깃털을 한번 쓸었다. 장인은 낮은 목소리로 주문을 한 번 더 속삭였다. 그러자 아비스가 건 목걸이의 보석이 반짝였다. 왜인지 조금 더 무거워진 느낌이었다.

곧 타와키도 거대화되어 떠날 준비를 마쳤다. 거대해진 타와키가 준비 운동을 하듯 날개를 활짝 폈다.

"네 소환사를 잘 부탁한다."

장인은 타와키를 한번 쓰다듬곤 작게 속삭였다. 타와키는 알았다는 듯 울었다.

쿠오옥-!

작을 때는 '삐옥' 정도인데, 몸집이 커졌을 때는 울음소리도 굵고 컸다.

타와키는 자신의 몸이 커졌다는 걸 잊은 듯, 작았을 때처럼 아비스에게 고개를 들이밀었다.

타와키의 힘에 한 발짝 뒤로 밀린 아비스는 깃털을 쓰다듬었다. 등 뒤로 멤버들의 시선이 느껴졌다. 무척 걱정이 되는 모양이었다.

"형들, 잘 갔다 올게. 너무 걱정하지 마."

아비스는 안심하라는 듯 웃으면서 타와키에게 가볍게 올라탔다. 타와키는 소환사의 의지대로 날갯짓을 시작했다.

"조심해서 다녀 와!"

어느새 하늘로 훌쩍 날아오른 타와키의 뒤에서 솔이 힘껏 외쳤다.

커다란 타와키의 날개는 거센 바람을 만들었고, 아비스는 힐끗 뒤돌아 고개를 끄덕여주었다.

비켄이 중얼거렸다.

"괜찮겠지?"

솔은 깊게 내쉰 숨으로 대답을 대신했다.

아비스가 들어선 미궁은 생각보다도 무척 거대했다. 높다란

벽으로 둘러싸인 길은 통로도 넓을 뿐더러 끝이 보이지 않았다.

밖에서 보기에도 거대해 보이긴 했지만, 안은 그보다 훨씬 넓었다.

안은 고요했고 아무 소리도 들리지 않았다. 공동을 휩쓰는 바람소리만이 웅웅거리며 귀를 때렸다.

아비스는 바닥을 바라보았다. 바닥에는 야광석이 간격별로 박혀 있었다. 밝진 않지만, 길을 분간하기에는 충분했다.

야광석은 타와키가 날아갈 때마다 점점이 나아갈 방향을 알려주며 빛을 내었다. 타와키는 야광석이 반짝거리는 길을 따라 계속해서 날았다.

얼마나 날았을까. 벽으로 둘러싸인 통로는 끝이 나고, 이제는 끝도 보이지 않는 회색빛 공간만이 펼쳐져 있었다.

어디인지 분간조차 되지 않는 광활한 어둠과 커다란 공간은 아비스에게 막연한 두려움과 불안감을 가져다주었다.

햇살 한 점 비치지 않고, 아무 물체도 보이지 않는 곳이었다. 순간 아득함이 밀려와서 아비스는 눈을 감았다.

이런 감정은 낯설지 않았다. 뭘 해도 길을 잃은 것 같은 이 감각은 예전부터 느꼈었다.

'우리는 잘하고 있는 걸까?'

아비스는 힘든 빙의 마법을 떠올렸다. 훈련은 매우 고통스러웠다. 이런 훈련을 계속 반복해야만 우리는 강해지는 걸까? 언제까지? 강해지면, 우리의 '최후'는 무엇일까……?

끝 모르는 불안감이 아비스를 잠식해왔다.

쿵쾅, 쿵쾅.

아비스의 심장이 불규칙하게 뛰었다. 아비스는 구역감이 치밀어 올라 자신도 모르게 두 손으로 입을 막고 숨을 몰아쉬었다.

"헉, 헉, 우읍……."

그때, 타와키의 울음소리가 들렸다.

큐우-!

아비스는 깜짝 놀라서 눈을 떴다. 그제야 자신이 있는 곳이 어디인지 알았다. 여기는 미궁이었고, 아비스에게는 할 일이 있었다.

너무 넓고 어두운 곳에서 있어서인지 혼란스러웠다. 이게 악령이 주는 혼돈인 것일까.

'일단 해야 할 일에 집중하자.'

아비스는 타와키의 팔락거리는 날갯짓 소리에 집중하며 호

흡을 가다듬었다. 마음이 가라앉자, 그제야 없는 줄 알았던 야명주가 눈에 들어왔다.

이곳에서도 반짝거리며 나아가야 할 방향을 알려주고 있었다. 아비는 마치 헨젤과 그레텔이 된 기분이었다.

'그래. 어둡지만, 길이 없는 건 아니야.'

아비스는 다시 타와키의 등에 올라타 앞으로 나아갔다. 정신을 차리게 해 준 타와키가 고마웠다. 그렇게 몇 분 더 날아갔을 때였다. 드디어 아비스가 찾는 것이 눈에 보였다.

하얀 기둥이 천장까지 솟아 있었다. 아비스는 타와키에서 내려 기둥 앞으로 걸어갔다.

아비스는 주머니에서 깃털을 꺼내 가만히 쓰다듬었다. 그러자 옅은 빛을 내며 꽃이 허공에 두둥실 떠올랐다.

아비스는 기둥 가운데 흙바닥을 손으로 조금 파내 꽃의 뿌리를 심었다. 옆에서 보고 있던 타와키가 거센 발톱으로 땅을 푹 찍어 주자, 원하는 깊이만큼 손쉽게 파였다.

아비스는 조심스레 꽃 위로 흙을 다시 덮어 주었다. 처음 심는 터라 엉성한 듯했는데, 효과가 좋았다.

꽃은 땅에 옮기자마자 스스로 뿌리를 단단히 내리며 균형을 잡았다. 어느새 견고하게 안착했다.

마법 꽃이라서 그런지 여느 꽃들과는 확연히 달랐다.

문득 비켄이 고생한 게 생각났다. 이 정도로 영험한 꽃을 피워냈다니. 비켄의 실력도 꽤 오른 것 같았다.

마법의 세계를 짧게 겪었지만, 여긴 항상 대가를 주고받았다. 아마 이 꽃도 그럴지도 몰랐다.

삭막하기 그지없었던 회색빛 공간은 이 꽃을 심어서인지 갑자기 환해 보였다.

아비스는 기둥에 몸을 기댄 채 손을 털었다. 아무 소리도 들리지 않아 오히려 너무도 시끄러운 곳이었다.

아비스는 꽃을 가만히 바라보았다. 한없이 적막한 곳이어서인지 이 꽃과 자신만이 이 세계에 존재하는 듯했다.

우웅-.

그때 이상한 생각이 들기 시작했다.

'아무도 없네. 그럼…… 날 아프게 하는 사람도 없겠지.'

아비스는 고통스러운 훈련과 알 수 없는 용의 일족, 왜인지 늘 습격해 오는 멸룡도가를 떠올렸다. 갑자기 마음 한쪽이 답답해져 오기 시작했다.

아무도 올 수 없는 이 미궁 속에 영영 숨어 사라져버리고 싶었다.

아비스는 갑자기 졸음이 밀려와 편히 쉬고 싶었다. 눈을 깜빡이며 애써 눈을 떠보려 했지만, 그냥 주저앉아 편히 쉬고 싶었다.

'안 돼, 나가야 해……. 하지만, 나쁘지 않아.'

아비스는 자신도 모르게 미소를 지었다. 그래, 이곳에 있으면 더는 아프지 않을 것이다.

그때였다.

목걸이가 반짝였다. 아비스는 눈을 비볐다. 갑자기 빛나서일까. 눈이 부셨다.

아비스는 눈을 찌푸렸다. 목걸이가 마음에 들지 않았다. 쉬고 싶은데 왜 이건 빛나서 나를 짜증나게 만드는 걸까.

아비스는 목걸이를 벗으려 신경질스럽게 줄을 만졌다.

목걸이를 벗고 이곳에 조금 더 있고 싶었다. 드넓은 공간에 혼자면 조금 외로울 것도 같았지만, 아니었다.

아비스는 휙휙 고개를 돌렸다.

뭔가 있었다. 보이진 않아도 존재했다. 나를 위로해 줄 존재가.

그 감정은 매우 만족스러웠다. 저 존재만 있다면 아무 걱정이 없을 듯했다. 모든 것이 충만할 것이다.

아프지도, 고통스럽지도 않았다. 심지어 외롭지도 않았다.

아비스는 활짝 웃었다. 그리고 천천히 목걸이에 손을 얹었다.

줄이 목, 귀를 지나 머리까지 올라왔을 때.

쿠오옥-!

타와키의 울음소리가 평소보다 훨씬 우렁찼다. 그제야 아비스는 눈을 깜박였다. 그러곤 소스라치게 놀라 바로 손을 내렸다.

"내가 왜 이걸⋯⋯."

아비스는 타와키를 바라보았다. 눈이 마주치자, 타와키는 망설이지 않았다. 거대한 새는 아비스의 옷자락을 물고 냅다 등 위로 던졌다.

아비스는 서둘러 타와키의 깃털을 잡았다. 갑작스러운 움직임이라 아비스는 급히 균형을 잡았다.

아비스는 아직도 무슨 일이 있었는지 잘 기억나지 않았다. 타와키가 완전히 날아오르고 나서야 자신이 목걸이를 빼려고 했다는 게 생각났다.

순간 소름이 돋았다. 아비스는 떨리는 손으로 목걸이의 보석을 꽉 잡았다. 자신이 왜 그랬는지 도무지 알 수 없었다.

타와키가 힘차게 날갯짓했다. 아비스는 꽃이 잘 심어졌는지 확인하기 위해 시선을 아래로 내렸다.

어두운 곳 사이에서 뭔가가 움직였다. 높이 날아오른 탓에 잘 보이진 않았지만, 무언가 분명히 존재했다.

몸이 부르르 떨렸다. 그 무언가가, 지금 자신을 응시하고 있는 게 느껴졌다. 형체를 알 수 없는 것에서 시선을 느낄 수 있다는 게 이상했지만, 이건 확실했다.

이질적이고, 무섭고, 한없이 불길하지만 한편으로는 자신을 완벽히 이해해 줄 것만 같아서 의지하고 싶었다.

타와키 덕에 빠르게 멀어져서 다행이었다. 아마 다른 멤버들이 홀로 들어왔다면, 저것에게 홀렸을 것이었다.

타와키는 계속해서 날갯짓했다. 어느새 미궁 입구까지 왔지만, 아비스는 자신이 그런 감정을 느끼는 이유를 알 수 없었다.

미궁을 벗어나 환한 햇살을 마주하자 몽롱함이 순식간에 가셨다.

아비스는 깊이 안도의 한숨을 내쉬며 타와키에서 내렸다.

입구에서 기다리던 장인과 멤버들은 급히 아비스에게 달려왔다.

"괜찮니?"

장인의 물음에 아비스는 무심코 괜찮다고 말하려다 고개를 저었다.

"꽤 위험했던 것 같아요."

"뭐?"

장인은 급히 아비스의 목걸이를 확인했다. 육안으로는 별다른 차이가 없는 듯한데, 장인의 안색이 어두워졌다.

장인은 목걸이를 바닥에 두고, 자신이 차고 있던 한쪽 귀걸이를 부쉈다. 부순 파편인 보석들은 하얀 빛이 되어 아비스의 몸 주위를 빙글빙글 돌았다.

장인은 그 모양새를 한참 보더니 안도의 한숨을 내쉬었다.

"괜찮은 거 같구나. 접촉은 안 한 거 같아."

하얀빛은 아비스 곁에 한참을 머물다가 사라졌다.

"그건 정말 무서운 존재 같았어요. 아니……."

아비스는 그때의 감각을 떠올리며 몸을 부르르 떨었다.

"분명 무서워야 할 게 무섭지 않았어요. 그거 굉장히 위험한 거 맞죠?"

장인은 고개를 끄덕였다.

"그것이 우리 세계를 멸망시킨 악령이야. 사람의 심층적인 곳까지 깊숙이 스며들어서 현혹하지."

"이상해요. 오히려 포근한 느낌까지 들었어요."

"포근하다고?"

장인은 생각에 잠겼다.

"음……. 좀 의외네. 포근한 감정을 느껴야 하는 건 나 정도 거든. 우리가 생각보다……, 아니다."

장인은 쓰게 웃으며, 주먹을 꽉 쥐곤 고개를 푹 숙이며 말했다.

"그 미궁 속에 있는 마지막 존재는…… 사실 내 친구야. 악령이 빙의된 채지."

"친구라니요?"

"스스로 미궁에 들어가겠다고 희생했어. 자신만이 할 수 있는 일이라며. 내 친구는 그만큼 용감하고 선했지. ……마지막 순간, 내 친구는 강력한 아티팩트를 잔뜩 몸에 매단 채 악령을 받아들였어. 그리고 의식이 남아 있을 때, 제 발로 걸어 들어 갔어."

남자는 쓸쓸하게 웃었다.

"내 친구는 세상을 구하기 위해서 그렇게, 마지막으로 악령에게 빙의된 사람이 됐어. 아직도 의식을 잠식당한 채로 저 미궁 속을 돌아다니지."

"의식이 돌아올 때도 있나요?"

장인은 느릿하게 고개를 저었다.

"아니, 이지는 이미 한참 전에 잃었을 거야. 깊은 내면에서는 아직도 싸우고 있을지도 모르지만."

장인은 아비스가 걸었던 목걸이를 만지작거렸다.

"큰일 날 뻔했어. 이 수호부는 내 마지막 남은 마력을 모아 만든 강력한 방어책인데, 그런데도 현혹될 줄이야. 저 미궁 안에서조차 악령이 힘을 불린 것이겠지. 대체 언제쯤 그 악몽이 끝날까……."

장인은 물기 어린 목소리로 말했다. 옷소매로 눈물을 한번 훔치곤, 곧 눈빛을 바꾸어 고개를 들었다.

"그래. 지금이 아니면 이제 영영 가둘 수 없을지도 모르겠군."

장인은 고개를 들어 미궁 입구를 바라보았다.

"내 친구는 굉장히 강한 전사야. 네가 완전히 현혹되지 않은 것도, 내 친구가 악령을 어느 정도 막고 있었기 때문일 거야. 끝까지, 정말 끝까지…… 도움을 받게 되네."

장인은 이어서 작게 중얼거렸다.

"약속 지키게 하기 싫었는데 말이야."

"네? 무슨 약속이요?"

아비스가 물었다.

"……아니야. 이제 내 몫이야. 고생했어, 정말."

장인은 두 손에 얼굴을 묻고 한참을 그렇게 서 있었다. 스타원은 안타까운 마음에 아무런 말도 잇지 못했다.

얼마나 그렇게 있었을까.

장인은 심호흡을 하고 고개를 들었다. 그리고 아비스와 멤버들을 향해 말했다.

"우선, 내 약속을 먼저 지켜야겠지."

제 51 화

하얀 뱀

꽃을 심기로 했던 계약은 마무리된 셈이었다. 하지만 이대로 그냥 떠나기에는 아비스는 무언가 마음에 걸렸다.

늘 장난스레 햇살 같은 미소만을 짓고 있던 장인은 여느 때와 다르게 어두운 표정이었다. 아비스는 할 말이 있다는 듯한 얼굴로 장인을 바라보았다.

장인도 그런 아비스의 속내를 아는지 애써 눈을 마주치며 웃어 보였다. 젖은 꽃 같은 미소였다.

"자, 그럼 약속했던 것을 줄게."

장인은 꽃봉오리가 몇 개 달린 화관을 씌워 주었다. 이목구비가 뚜렷하고 피부가 하얘서일까. 아비스의 얼굴과 꼭 맞게 잘 어울렸다.

아비스를 본 솔은 자신도 모르게 말했다.

"와, 고대의 신 같아. 다음 앨범 콘셉트로 가도 될 것 같아."

아비스는 고개를 갸웃거리며 부끄러워했다. 새하얀 귀가 조금 빨개져 있었다.

유진도 속으로는 화관을 쓴 아비스가 요정이나 천사 같다고 생각했지만, 왠지 민망해서 말하지 않고 헛기침을 했다.

장인은 아비스에게 작은 뿔피리를 마저 건네주었다.

"한번 불어 볼래?"

어렸을 적 교과서에서 겨우 봤을 법한 낯선 악기였다. 이 마법 악기는 어떤 아름다운 선율을 들려 줄까.

멤버들이 모두 기대하며 아비스의 입술에 시선을 집중했다. 아비스는 모두의 반짝이는 눈빛 속에서 뿔피리를 조심스럽게 불어봤다.

피쉭-.

"퓹!"

피리에서는 바람 새는 소리만 작게 들려올 뿐이었다.

그 소리에 비켄이 참지 못하고 웃음을 터트렸다. 아비스는 다시 한번 불어봤다. 하지만 계속 쉭쉭거리는 소리뿐이었다.

아비스는 당황해서 물었다.

"워, 원래 아무 소리도 안 나나요?"

"처음이라서 그런 걸 거야. 친해지는 시간이 필요한 법이지."

"아니, 그래도 이건 너무한데요."

비켄은 아비스의 어깨에 손을 올리며 장난스레 말했다.

"아비스, 원래 아티팩트들은 성격이 별로야. 내가 이만큼 친해진 것도 놀라운 거라고."

타호도 고개를 끄덕였다.

"맞아. 바람 소리면 귀엽지 뭐. 피를 가져가는 것도 아니고……."

"크큭, 맞긴 하네."

아비스는 위로가 된다는 듯 고개를 숙이며 웃었다.

장인은 그들의 대화를 부드럽게 웃으며 경청했다. 남자는 한참을 그렇게 스타원을 보더니 아비스를 보며 말했다.

"마지막으로, 가장 중요한 선물을 주고 싶어. 그런데 이번 건 네 도움이 필요해. 내 소환 능력은 소멸했으니까 말이야. 힘을 빌려주지 않을래?"

아비스가 놀라서 눈을 동그랗게 뜨자, 장인은 부끄러운지 살짝 뺨을 긁었다.

"저야 좋죠. 그런데 제가 도움이 될 수 있을까요?"

"네가 나를 믿으면 가능해. 조금 위험할 수도 있지만 말이야."

아비스는 어떻게 생각하냐는 듯 멤버들에게 시선을 돌렸다. 멤버들은 눈빛을 주고받다가 최종적으로 리더인 솔을 동시에 바라보았다.

솔은 이런 상황을 이해한다는 듯 턱을 괴고 고민에 잠겼다.

이 사람을 믿어도 될까. 아비스에게 무리한 부탁을 하는 건 아닐까.

솔은 장인과 아비스를 번갈아 바라보았다. 새하얀 둘은 이 목구비도 닮아 있었다.

짓는 표정이라든지 눈빛에 담긴 장난기에는 조금씩 차이가 있었지만, 저 남자에게도 왠지 모르게 애틋하고 정이 가는 건 어쩔 수 없었다.

하지만 결정에 앞서 무엇보다도 중요한 게 있었다.

"아비스, 너는 어때? 할 수 있겠어?"

"나는 하고 싶어. 뭘 하게 될지는 모르지만. ……혹시 많이 아플지 걱정되긴 해. 그런데, 알잖아. 이제 고통도 낯설지는 않아. 익숙한 건 아니지만."

아비스는 자조적으로 말했지만 의지가 있어 보였다. 솔은 숨을 내쉬며 고개를 끄덕였다.

"그래. 네가 믿는 대로 해봐."

솔의 말에 아비스는 활짝 웃으며 장인에게 말했다.

"해보죠. 믿을게요."

장인은 부드럽게 웃으며 아비스에게 가까이 오라고 손짓했다. 아비스는 총총거리며 다가갔다.

장인은 아비스에게 작게 속삭였다.

"믿음은 단단히 결속되어 다른 희망을 부르는 토대가 되는 법이야. 날 믿어줘."

아비스가 고개를 끄덕이자, 장인은 한 손으로 아비스의 눈을 가렸다.

"눈을 감고, 아무것도 보려고 하지 마. 시각에 의존해야 한다는 생각을 버려. 사실 소환이란, 본인이 지표가 되어 눈에 보이지 않는 곳에 있는 친구들을 마음으로 불러내는 거야."

아비스는 이 말의 의미를 바로 알 것 같았다.

이제 겨우 통로를 잇는 법을 알기 시작했지만, 본인을 지표로 두는 연습을 시작하자 하루하루 실력이 느는 느낌이었다.

어두운 시야에는 아무것도 보이지 않았지만, 분명히 느껴졌다. 나의 부름에 응답하는 친구들의 쫑긋거림이.

"네가 중심인 거야. 더 집중해 봐."

새까만 황무지에서 오롯이 혼자 선 컴퍼스의 중심축이 된 기분이었다.

그럼, 원이라도 그려야 할까. 아비스는 자신도 모르게 검지를 한 바퀴 빙글 돌렸다.

그러자 이상하게도 손등이 간지러웠다. 마치 햇살이 손등에 닿는 듯한 느낌이었다.

장인은 아비스의 기분을 안다는 듯, 바로 말했다.

"그 감각에 집중해 봐."

아비스는 손등부터 감각을 확산시켰다. 온몸에 환한 햇살이 쏟아지는 듯했다.

"바로 그거야. 자, 이제 천천히 친구를 데려와 봐."

아비스가 쓰고 있던 화관에서 빛이 나기 시작했다. 신비로운 일이 벌어지는 듯했지만, 아비스는 눈을 떠서 확인하기엔 이르다는 생각이 들었다.

그러자 왠지 호흡이 힘들었다.

'심장이 두근거려. 이대로 괜찮은 걸까? 눈을 뜨고 싶어.'

장인은 아비스에게 속삭였다.

"잘하고 있어. 숨을 쉬는 걸 잊지 마."

가슴속이 뜨거웠다. 아비스는 그 감각을 고스란히 느끼면서 소환의 통로를 비집고 열었다. 하지만 원하는 소환수는 닿을 듯 닿지 않았다.

아비스는 자기도 모르게 손을 내밀었다. 손등에 닿는 따사로운 햇살의 감각이 더 강하게 느껴졌다.

그때, 뭔가가 스치듯 닿았다.

아비스는 바로 그것을 잡고 끌어당겼다. 손에 잡힌 건 서늘한 온도의 무언가였다.

햇살에 닿은 듯 데워진 피부 때문일까, 그 시원함이 기분 좋았다.

아비스는 아직도 눈을 뜨지 않고 있었다. 장인은 웃으며 작게 속삭였다.

"이제 눈을 떠도 돼."

아비스는 바로 눈을 뜨고 자신이 데려온 친구를 바라보았다.

"이건, 뱀⋯⋯?"

아비스는 화들짝 놀랐다. 뱀을 직접 만져보는 건 처음이었다. 처음엔 조금 당황했지만, 새하얗고 작은 무척 귀여운 뱀이어서 그런지 전혀 무섭게 느껴지지는 않았다.

"우와."

뱀은 그런 아비스의 마음을 아는지 모르는지 혀를 한번 날름거렸다.

"봐. 무사히 네 옆으로 왔어."

아비스는 웃으면서 뱀의 머리를 손가락으로 쓰다듬었다. 서늘한 느낌이 참 좋지만, 너무 작아서일까. 만지는 거 하나하나가 조심스러웠다.

"너무 조심히 다루지 않아도 돼. 약한 친구는 아니야."

장인이 웃으며 말했다.

"어, 진짜요? 하지만 이렇게 작은데요."

"보기엔 그래도…… 우욱, 쿨럭, 쿨럭!"

장인이 대답하려 하다가 거세게 기침하기 시작했다.

"괜찮으세요?"

장인은 입을 막아 보았지만, 거센 기침만이 계속해서 새어 나왔다. 이미 몸을 가눌 수도 없는 상황이었다.

그때, 장인이 입가를 막은 손가락 사이로 붉은 피가 새어 나왔다. 겨우 기침이 멎은 남자는 고개를 들었다.

"너무 걱정하지 마. 에휴, 얼굴이 엉망이네."

아비스는 걱정스러운 기색으로 물었다.

"피를 토하셨는데, 괜찮으세요? 무리하신 거죠?"

"별것 아니야. 그보다는 소환에 성공한 게 더 중요하지."

장인은 아비스의 부축을 받으며 활짝 웃었다. 안색이 파리한 와중에도 기분이 좋아 보였다.

"어린 소환사야, 마법은 항상 대가를 필요로 해. 소환사의 힘을 내주어야 원하는 것을 주지. 하지만 변칙도 있어. 나는 이제 소환력을 잃었지만, 너와 함께 해낸 것처럼 말이야. 물론 네 힘을 끌어낼 수 있도록 가이드한 것에 가깝긴 하지만."

장인은 잠시 쉬고 숨을 몰아쉰 뒤 말했다.

"절대적인 법칙은 있을지 몰라도, 완벽히 절대적인 것은 없어."

아비스는 갸우뚱하며 미간을 찌푸렸다. 뭔가 말장난처럼 느껴졌다. 하지만 어렴풋이 알 것도 같았다.

"하지만 그러기에는 엄청난 희생이 따르기 마련 아닌가요? 지금 피를 토하시는 것처럼요."

장인은 다시 기침했다. 손으로 막았지만, 피는 계속 새어 나왔다.

"글쎄, 그래도 지킬 수만 있다면……."

장인은 말하다 뒷말을 흐렸다. 스타원이 더욱 걱정스러운 눈빛으로 바라보자, 화제를 돌리려는 듯 아비스가 소환한 뱀을 가리키며 말했다.

"이 친구와 인사해봐, 모두들."

스타원은 장인의 말에 환수를 바라보았다. 하얗고 귀여운 뱀인데, 무슨 능력을 지닌 것일지 궁금해졌다.

그때였다. 하얀 뱀이 둥실둥실 떠서 허공에 날아올랐다. 스타원은 깜짝 놀라 외쳤다.

"뭐, 뭐야! 뱀이 날 수도 있는 건가?"

장인이 말했다.

"잘 봐, 등에 날개가 있어."

솔은 눈을 비비고 뱀을 바라보았다. 하지만 아무리 봐도 날개는 보이지 않았다.

"잘 안 보이는데……"

타호가 눈을 깜빡이며 보다가 말했다.

"심안으로 자세히 보면 보여. 하얀 실타래가 등 양쪽에서 파닥파닥 움직여."

장인은 뱀의 머리를 살짝 쓰다듬었다.

"이래 보여도 사실은 거대한 존재야. 세상에서 제일 지혜로운 환수의 후손이지."

"그런데 왜 이렇게 작게 온 거죠?"

"음, 소환이 어설퍼서?"

아니, 그렇게 열심히 했는데! 아비스가 충격을 받아서 말을 못 하자, 장인은 부드럽게 웃었다.

"이 친구를 부른 건 대단한 거야. 그만큼 지혜로운 존재지. 사실 네 실력만으로는 힘들어. 하지만 그런데도 올 수 있었던 건, 내 가이드와……."

뱀은 혀를 날름거렸다.

"이 친구의 선택이지."

"아, 제 부름에 응답한 거군요. 고마워. 아까 내 손을 잡아줘서."

뱀은 다시 날아올라서, 아비스의 목덜미를 파고들었다. 파충류 특유의 낮은 체온이 오싹했지만, 기분이 나쁘지는 않았다.

"그런데, 지혜를 줄 수 있다는 존재라면서요. 대화가 통하지는 않는데요?"

"그것도 아직은 네 힘이 약해서야. 네 힘이 강해지고, 이 친구에 대해 좀 더 알아가면 곧 소통할 수 있을 거야."

뱀은 아비스의 팔을 타고 소매로 쑥 나왔다. 아비스는 뱀의 머리를 살짝 매만졌다.

"이 아이의 지혜는 앞으로 벌어질 네 일에 실마리를 줄지도 몰라. 굉장한 도움이 될 거야."

아비스는 고개를 끄덕였다. 스타원은 지금 모든 게 질문투성이였다. 하지만 세상 어디를 가도 마법에 대한 해답은 나와 있지 않았다. 마법에 대해 많이 알고 있는 용의 일족을 만났지만, 이들은 질문에 성의껏 대답해 주지 않았다.

그 답답함을 해소할 수 있다니. 아비스는 소매 속에 있는 서늘한 감촉을 느끼며 장인에게 고개를 숙였다.

"감사합니다."

"아니야. 내가 더 감사하지. 넌 이 아이를 만나게 해줬잖아."

장인의 어깨 위로 아비스가 소환한 작은 새가 날아올랐다.

제 52 화

해후

작은 새는 날개를 파닥거리며 장인에게 깃을 비볐다. 퍽 다정해 보이는 모습이었다.

하지만 이제까지의 경험을 통해 느꼈기 때문일까. 마지막을 준비하는 듯한 장인의 모습에 아비스는 가슴이 시큰거려 왔다.

장인도 아비스의 그런 감정을 아는 건지, 아비스의 어깨를 잡았다.

걱정하지 말라는 듯 아직도 피 냄새가 나는 숨을 몰아쉬면서 애써 웃었다.

'그러고 보면…… 누군가를 위해서 웃는 것도 참 오랜만이네.'

조금 낯선 감정이 느껴졌다. 다른 사람이지만, 그래도 같은 존재였다. 아마 이 아이의 운명도 그렇게 쉽지는 않을 것이다.

'이 아이는 평온했으면 좋겠다.'

장인은 다시 한번 웃었다. 그리고 진심으로 말했다.

"고마워."

더 해주고 싶었다. 하지만 그는 알았다. 아마 여기서 뭔가를 더 해주려고 하면, 아슬아슬하게 비튼 운명이 요동을 칠 것이다.

장인은 뭔가를 더 주는 대신 말로 축복을 빌어주었다.

"부디 당신 발 앞에 언제나 길이 나타나기를……."

아비스가 눈을 깜박였다.

"부디 나타난 그 길이 너무 아픈 길이 아니기를."

장인은 아비스의 눈을 바라보며 손에서 반지를 뺐다.

"축복의 말이야. 우리 세계에서 늘 외는 기도문이기도 하지……. 자, 이제 정말 갈 시간이네."

장인은 아비스를 보며 다시 웃었다. 이번에는 고통을 숨기기 위한 미소가 아니었다. 사랑스러운 아이에게 진심으로 온 마음을 다하여 축복해주고 싶었다.

"네 바람이 이루어지길 기원할게."

"앗, 당신도요!"

장인은 아비스의 대답과 동시에 빼낸 반지를 허공에 던졌다. 반지는 천천히 바닥으로 떨어지며 부서졌다.

파삭—

부서진 조각들은 가루가 되어서 땅에 흩어졌다. 빛나는 가루들은 바닥에 그대로 흡수되었다. 그때, 복잡한 문양이 땅 위로 올라왔다. 문양들은 즉시 스타원을 중심으로 빙글빙글 돌았다.

"어?"

문양은 가만히 있지 않았다. 심지어 휘몰아치면서 점점 색을 더해갔다. 총천연색의 색들이 어지럽게 맴돌았다. 당황한 스타원이 각자의 패밀리어를 챙길 때였다. 거대해진 문양들은 한순간에 멈췄다.

문양들은 바깥쪽부터 천천히 사그라지며 흐릿해져갔다.

타호는 눈을 깜박였다. 눈앞에 있던 장인이 점점 보이지 않았다. 원래 있던 곳으로 돌아가고 있는 듯했다.

'올 때도 갑작스러웠지만, 갈 때도 희한하네.'

왜일까. 타호는 이 광경을 더 잘 보고 싶었다. 타호는 습관처럼 눈에 마력을 둘러 내었다.

"와……."

눈앞에 두 차원이 겹치며 세상이 섞여 들어갔다. 장인이 홀로 서 있던 세계에 익숙한 건물들이 더해졌다.

세상은 계속 포개어졌다. 타호는 작게 신음을 내뱉었다.

세계의 형체가 일그러졌다. 계속 빙글빙글 세상이 겹치자, 앞이 회색빛으로 보였다. 타호는 그중에서도 혼자 다른 것을 발견했다.

'어?'

뭔가 이상한 게 보였다. 타호는 그것을 집중해서 바라보았다. 뭔가 까만 것들이 꽉 뭉친 채 흔들렸다.

타호는 그것의 정체를 알고 싶었다. 좀 더 눈에 힘을 주고 집중해서 바라볼 때였다. 까만 것이 갈라지면서 붉은 눈동자를 드러냈다.

타호는 놀라서 한 발짝 물러섰다. 눈동자는 점점 커지면서 타호를 바라보았다.

순간, 타호는 자신도 모르게 점점 더 뒷걸음쳤다. 식은땀이 등을 타고 내려왔다. 너무도 두렵고, 세상에서 제일 불길한 것과 마주친 느낌이었다.

몸이 하염없이 떨렸다. 속이 메스꺼워 무엇이라도 게워내고 싶어질 찰나, 심연과 눈동자가 한순간에 사라졌다.

"어……?"

타호는 휘둥그레 주위를 둘러보았다. 촬영장에서 옮겨가기 직전, 그 모습 그대로였다. 카메라와 분주하게 움직이는 스텝들이 한눈에 들어왔다.

타호는 다행이라는 듯 얼굴을 쓸어내렸다.

이건 우연이 아니었다. 벌써 두 번째였다. 그래, 대도서관에서 이동할 때도 이렇듯 불길한 눈동자와 마주쳤다.

그리고 검은색으로 똘똘 뭉친 어떠한 형체. 그건 분명히 용의 형상을 띠고 있었다.

그게 이 세계의 진실과 맞닿아 있지 않을까. 타호는 확신하기 시작했다.

'용이라. 마법서에서 단서를 맞춰봐야 해.'

뭔가 해석과 의미가 잘못된 것이 있을 것이다. '용'이라는 것에 초점을 맞추면, 전에 보이지 않던 것들을 알 수 있을지도 몰랐다.

"……하아, 모두 갔네. 이제 정말 내 차례구나."

마지막, 아니, 마지막을 이루기 위할 소원을 이뤄준 아이들은 사라졌다. 새하얀 날개를 단 남자는 그들이 사라진 자리를 한참 응시하다가, 숨을 길게 내쉬며 혼자 중얼거렸다.

이제 남은 건 사명뿐이었다. 남자는 미궁 입구를 가만히 바라보았다.

천천히 발을 떼어 안으로 걸어 들어갔다.

아비스는 타와키를 타고 날았음에도 꽤 오래 가야 했던 길이지만, 그는 달랐다. 한 걸음 들어설 때마다 미궁은 제 주인을 환영하듯 길을 재조립해 나갔다.

몇 걸음 걷자, 어느덧 하얀 기둥이 있는 곳에 다다랐다. 남자는 아비스가 심어둔 꽃을 보았다.

꽃은 향기를 담뿍 뿜어냈다. 아득한 느낌이 들었다. 끝없는 미궁 안에 있다고 생각하니 까마득한 기분이었다. 참 우스웠다. 이 미궁을 이토록 아득하게 만든 이는 바로 다름 아닌 자신이었다.

꽃향기에는 각성 효과가 있었다. 이지를 잃을 만큼, 시공간을 잊을 만큼 광활한 미궁 속에서 미치지 않으려면 이 꽃이 필요했다.

특히 현혹을 씌우는 악령을 상대하기에는 매우 필요한 것이었다. 남자는 이 꽃을 연구하던 때를 떠올렸다. 그때 곁에 같이 있었던 동료들은 이제 없었다.

저벅, 저벅.

그때 등 뒤에서 발걸음 소리가 들려왔다. 작은 소리였음에도, 너무도 적막한 공간이어서인지 크게 울려왔다.

남자는 모든 것을 받아들일 준비가 되었다는 듯, 천천히 고개를 돌아보았다.

그러곤 자신에게 다가오는 존재의 얼굴을 찬찬히 바라보았다. 상대를 바라보는 남자의 얼굴에는 그리운 듯, 아쉬운 듯, 슬픈 듯 복합적인 감정이 어떤 연필로도 그릴 수 없을 만큼 빽빽하게 담겨 있었다.

분명, 이전에 알던 이가 아니다. 하지만 너무도 그리웠던 얼굴이 눈앞에 있었다. 살아 있는 것이라고도 할 수 없었다. 그런데도, 자꾸만 다가가 의지하고 싶었다.

'형, 보고 싶었어.'

남자는 이 모든 비극을 일으킨 주체를 바라보았다. 소중한 친구의 몸을 잠식한 악령은 남자에게 천천히 다가왔다.

하지만 수호부 때문에 다가오려다 계속 뒤로 밀려났다. 남자는 자신의 목에 매달린 수호부를 바라보았다. 목걸이 하나만을 하고 있는 자신과는 달리, 상대는 악령 봉인을 위한 아티팩트를 주렁주렁 달고 있었다.

빈틈없는 술식으로 짜 놓은 아티팩트에 더해서 거대한 미궁까지 오로지 한 존재만을 위해 설계했다.

하지만 그마저도 부족한지 계속해서 악령은 뛰쳐나오려는 의지를 표출했다. 악령은 강했고, 몇 개의 아티팩트는 부서져 있었다. 지금 빨리 미궁을 영원히 소멸시키지 않으면, 강한 힘을 통해 사람들이 살고 있는 타 차원까지 넘어갈 수도 있었다.

남자는 쓰게 웃었다.

'생각해 보면 악령이 없다 해도 우리는 멸망했을지 모르지.'

계속 싸움이 발발하던 세계였다. 무기들은 계속 강력해졌다. 그래서 가끔 생각했다.

'어쩌면 이 악령에게 모든 최후를 맡기는 게 낫지 않을까.'

이미 멸망할 세계를 필사적으로 살리는 게 무슨 의미가 있을까. 모든 것을 걸고 이동시켰지만, 그들은 과연 전쟁을 그만뒀을까.

많은 이들이 희생했다고 하더라도, 그 희생이 잊힐 때쯤에는 또 다른 전쟁이 일어날 터였다.

'그렇다면 차라리……'

남자는 악령을 담고 있는 친구를 바라보았다. 자신만이 악령을 견뎌낼 수 있는 신체를 가졌다며 스스로 멸망을 향해 걸어들어 갔던 강인한 이였다.

"형, 어쩌면 말이야……. 형의 몸이라도 온전히 살게 해주는 게 좋은 선택일까."

어쩌면 우리는 이대로 멸망하는 게 나을지도 몰라. 불완전한 끝이든, 완전한 끝이든 결말은 같으니까.

남자가 수호부를 벗으려 할 때였다. 악령이 천천히 다가왔다. 몇 번 뒤로 밀려났지만, 그럼에도 멈추지 않았다.

저벅, 저벅.

그렇게 수호부가 완전히 벗겨지려고 할 때였다.

후욱-.

익숙한 꽃향기가 느껴졌다. 남자는 손에서 힘을 뺐다. 부정적인 상념이 사라지고, 다른 감각이 일깨워졌다.

짹!

청각. 새소리가 들렸다. 남자는 자신의 어깨에 앉아 있는 새를 바라보았다.

"그래, 네가 있었지."

이건 또 다른 세계에 있는 자신이 준 친구였다. 마지막 남은 사명을 위해 힘써준 친구들이 선연히 떠올랐다.

수호부를 벗으려고 했던 손이 툭 떨어졌다.

악령을 가두기 위한 미궁과 아티팩트를 만들려 힘쓸 때마다 비관론자들이 말하곤 했었다. 우리의 종말은 악령 때문이 아니라고. 내재한 악이 자초한 결말이라고.

물론 악령을 해치워도 전쟁이 사라지는 게 아닐 수 있었다. 하지만 평화가 올지도 모르잖아.

남자는 작은 새를 바라보며 말했다.

"우리는 그걸 희망이라고 불렀어."

증오와 질투, 분노와 굶주림, 가난과 질병…….

하지만 그 모든 것을 이기는 건 '희망'이라고, 절망에 지면 안 된다고 남자와 친구들은 간곡하게 주장했었다.

짹-.

다시 새가 지저귀었다. 남자는 자리에서 일어나 허공에 한 번 손짓했다.

그러자 미궁의 입구가 닫혔다. 보이지 않아도 아는지, 악령을 담은 얼굴이 일그러졌다.

장인은 오랜 시간 걸고 있던 수호부를 짧게 매만졌다. 그러고는 망설임 없이 목걸이를 벗었다.

참 재미있는 일이었다. 현혹되든 그렇지 않든 해야 할 일은 이 수호부를 벗는 거라니.

만약 악령에 현혹되어 자신조차 악령이 된다면, 미궁을 탈출할 방법을 아는 걸 이용해 다른 세계로 넘어갈 터였다. 그래서 악령에게 현혹되지 않은 채 이 미궁을 영원히 닫는 목적을 이뤄야 했다.

그 방법은, 악령에게 심장을 내주는 것이었다. 남자는 친구와 마지막으로 나누었던 대화를 떠올렸다.

"……형, 악령은 교활해서 나를 죽이려 하지 않을지도 몰라. 형의 얼굴을 하고 달콤한 말을 내뱉으며 나를 회유할지도 모르지. 하지만 절대로 잊지 마. 형이 해야 할 일은 그 칼로 내 심장을 정확히 찌르는 거야."

친구는 칼을 매만졌다. 꽃무늬 음각이 새겨진 짧은 단도였다. 손끝을 스치기만 해도 붉은 핏방울이 알알이 남겨질, 무척 날카로운 칼이었다.

"그래, 알아. 수도 없이 들었어. 하지만 내가 정말 너를 찌를 수 있을까……."

"이해해. 내 마지막 부탁이야. 힘들겠지만, 악령에 속지 않고 나를 죽여줘야 해. 정확히."

"그래. 얼마만큼의 시간이 걸릴지 모르지만, 이 미궁 안에서 너를 기다릴게. 우리가 있을 거라 믿었던 마지막 평화를 위해서."

친구는 그렇게 말하고 악령이 배회하고 있는 미궁 안으로 천천히 걸어 들어갔었다. 그후 영겁의 시간이 지나 친구의 얼굴을 이렇게 다시 마주하게 되었다.

친구는 칼을 뽑아 들고 다가왔다. 악령은 빙의할 대상을 없애고 싶지 않은지 자꾸 저지하려고 했다. 발걸음은 앞을 향하고 있었지만 계속해서 주춤거렸다.

하지만 친구는 계속 다가왔다. 인상을 잔뜩 찌푸리고 팔에 힘이 들어갔지만, 뒷발을 끌며 겨우겨우 전진했다.

화악─!

장인은 환영하듯 하얀 날개를 펼쳤다. 친구의 마지막 인사를 기꺼이 받아주고 싶었다.

제 53 화
꽃향기

마지막 인사는 금방 찾아오지 않았다. 칼끝이 덜덜 떨렸다. 남자는 안타까운 모습을 보면서도 슬프도록 환하게 웃었다. 그토록 다짐했건만, 친구의 무의식이 남아 있던 것인지 자신을 찌르는 걸 저항하고 있었다.

그것이 슬프고, 동시에 기뻤다. 남자는 친구에게 속삭였다.

"괜찮아. 이게 우리의 바람이잖아."

심장을 희생해 영원히 미궁을 닫아 악령을 가두는 것. 오직 그것을 위해서 긴긴 시간을 버텨 왔다.

친구의 눈빛이 흔들리더니, 심장을 겨누었던 칼의 방향이 위로 틀어졌다. 칼은 심장이 아닌 목을 겨누고 있었다. 악령이 둘의 약속을 눈치챈 듯 계획을 망치려는 것 같았다.

하지만 남자는 친구를 믿었다. 악령을 가둔 채, 끊임없이 저항했던 친구라면 마지막 약속을 잊을 리 없었다.

그때, 칼끝의 방향이 바뀌었다.

역시, 믿었던 대로였다. 친구는 힘들게 다가왔다. 남자는 방긋 웃었다.

"그때, 형이 말했잖아. 내가 고통스럽지 않게 단번에 찔러주겠다고 말이야."

친구의 눈동자가 계속 흔들렸다. 남자는 차분하게 기다렸다. 그는 이 세상에서 제일가는 전사였다. 아무리 이지를 잃었지만, 칼을 다루는 걸 잊을 리 없었다.

푸욱-!

드디어.

입가에서 피가 새어 나왔지만, 떨리는 몸을 주체하며 환하게 웃었다. 친구의 선택을 자책하지 않게 위안을 해주려 했다.

장인을 찌른 친구는 비틀거리며 뒤로 물러났다. 그러자 친구의 몸을 휘감고 있던 각종 아티팩트가 빛나기 시작했다.

그래서일까. 찔린 심장이 벅차올랐다. 기다려왔던 순간이 한없이 기뻤다.

남자는 피가 흐르는 가슴을 쥐어 잡았다. 그리고 날개를 활짝 펼쳤다. 어두운 미궁에 찬란한 민트색 빛이 생겼다. 새의 일족이 마지막으로 내는 빛이었다.

활짝 편 날개에서 깃털들이 천천히 비산했다. 빛을 머금은 하얀 깃털들은 허공으로 날아갔다.

심장에서 나온 피가 바닥을 적시더니 미궁 바닥에 있는 문양 사이로 파고들었다. 이 피가 단단히 굳으며 미궁을 영원히 닫아줄 터였다.

남자의 몸은 천천히 허물어졌다. 흐릿해진 시야 사이로 미궁 벽에 몸을 거세게 부딪치는 악령이 보였다.

저 사악한 것은 방법이 없을 것이다. 이제 아무도 없는 차원에서, 닫힌 미궁 속에서 홀로 영원히 봉인되겠지.

사명은 완수되었다. 정신이 점점 희미해져 갔다.

그때, 꽃향기가 났다.

남자는 가늘게 숨을 토해냈다. 조금 또렷해진 기억 속에서 옛 기억이 떠올랐다.

"아, 형! 간지럽다니까! 그만, 그만!"

여느 때와 같이 평범한 오후. 친구들과 모여서 작은 게임을 했었고, 진 사람은 자신이었다. 벌칙으로 간지럽히기를 해서 속수무책으로 당하고 있었다.

몸에 힘을 잔뜩 줘봤지만 결국 못 참고 몸을 뒤틀자, 친구들은 엄살이 심하다며 웃었다.

그리 행복하지도 불행하지도 않아서 잘 기억나지도 않을 하루. 그날이 왜 갑자기 떠올랐는지 모르겠지만, 남자는 살며시 웃었다.

"맞아, 형. 생각보다 아프다. 나 엄살 심하네."

하얀 깃털이 사방으로 휘날렸다. 깃털들은 마지막으로 빛을 내더니 하나씩 소멸했다.

남자는 천천히 눈을 감았다. 행복한 꿈을 꿀 수 있을 것 같았다.

악령은 아무도 없는 곳에서 포효했고, 미궁의 입구는 완전히 사라졌다.

"어라?"

촬영장으로 돌아온 스타원. 그들의 품에는 패밀리어들이 한 마리씩 들려 있었고, 아비스는 화관에 피리, 뱀까지 잔뜩 품에 안고 온 채였다.

"방금 셔터 한 번 눌렀는데, 이게 다 뭔가요?"

사진작가가 갸우뚱하며 그들의 차림새를 물었다. 다른 스텝들도 휘둥그레진 채 그들의 모습을 바라보았다.

솔은 순간 아차 싶었다. 아비스는 서둘러 화관을 벗었지만, 이미 그건 모든 이가 본 다음이었다.

아비스는 어색하게 웃었다.

"그, 그게……."

비켄이 서둘러 외쳤다.

"마법이에요! 마법! 아비스가 콘서트에서 보여주려 했던 마법인데, 지금 시험 차 한번 해봤대요! 하하!"

그런 마법이 있던가. 하지만 솔은 비켄의 우기기에 동참했다.

"네! 놀라셨죠! 죄송합니다!"

아비스는 활짝 웃었다.

사진작가는 웃으며 고개를 저었다.

"죄송하긴요. 멋진 마법을 보게 되어서 기분이 좋네요. 화관도 잘 어울리시고요."

"그, 그런가요? 아, 이런 건 사람보다 귀여운 소환수가 더 잘 어울리지 않을까요?"

아무 말 대잔치가 벌어지고 있었다. 당황한 아비스는 서둘러 화관을 타와키에게 씌워 줬다.

꽃봉오리가 있는 화관이 작은 새에게 어색하게 걸려 있었다. 스타원이 수습이 멀어지는 게 느껴질 때였다. 매니저 DK가 외쳤다.

"자, 그럼 촬영 끝난 걸까요? 다들 수고하셨습니다!"

솔은 이때다 싶어서 바로 고개를 꾸벅 숙였다.

"수고하셨습니다!"

다른 멤버들도 눈치채고, 스텝 한 명 한 명에게 인사했다. 그럭저럭 수습되는 분위기였다.

스타원이 안도의 한숨을 내쉬며 대기실로 돌아갈 때, 솔은 다들 잘 오나 싶어 살펴보다가 발걸음을 멈추었다.

타호가 멍하니 복도에 서서 생각에 잠겨 있었다. 왠지 혼란스러워 보이는 표정이었다.

"타호, 괜찮아?"

"형, 우리 드래곤 피크에 돌아가서 이야기 좀 하자. 논의할 게 있어."

솔은 고개를 끄덕였다. 타호가 뭔가를 알아낸 걸까. 그게 궁금하면서도 왠지 불안한 기분이 들었다.

오랜만에 간 드래곤 피크는 여전했다. 사실 시간이 멈춰 있었기에 오랜 시간이 흐르진 않았지만, 체감상으로는 한동안 자리를 비운 듯했다.

솔은 보글보글 끓고 있는 수프를 바라보았다. 하지만 주디는 볼 수 없었다. 항상 똑같은 야채수프를 끓여 놓고는 홀연히 사라졌다.

스타원이 숙소에 들어오는지를 확인한 뒤에는 누가 볼세라 돌아서서 달아났다.

아마도 용의 일족이 대화하지 말라고 한 소리 했을 것이다. 솔은 한숨을 푹 내쉬었다. 왠지 뭔가를 알아내려 할수록 점점 더 미로를 헤매는 느낌이었다.

"……오오, 정말? 그럼, 소환할 때는 눈을 감는 게 좋다는 거지?"

솔의 뒤에서 아비스의 목소리가 들렸다. 소파에 누워 가슴에 작은 뱀 소환수를 올려 둔 채 대화하고 있었다.

뱀은 아비스의 질문에 눈을 천천히 깜빡였다. 쉭쉭거리는 소리도 함께였다.

"알아듣고 대답하는 건가?"

"그런 것 같아. 아직은 쉭쉭 정도의 소리만 들리지만, 곧 대화를 할 수 있을지도?"

"대단하네. 뱀이 사람의 말을 알아듣고, 말도 할 수 있다니."

아비스는 뱀을 보며 방긋 웃었다. 그 모습이 보기 좋아서, 솔도 따라 웃게 되었다.

'말이 아니라도 뭔가 통하는 게 있을 거야.'

솔은 뱀의 머리를 부드럽게 쓸어줬다. 하얀 뱀이 혀를 날름거릴 때였다. 타호가 방에서 비틀거리며 나왔다.

타호는 눈가를 문지르며 신음을 내뱉었다.

"비켄아, 포션 없어?"

솔은 비켄이 쓰라며 탁자에 미리 두고 나간 포션을 건네줬다. 타호는 그걸 원샷을 했다.

"아아, 살 거 같다."

솔은 타호가 드래곤 피크에서 이야기하자고 했던 것을 기억하고 화제를 꺼냈다.

"타호야, 그런데 그 세계에서 돌아온 뒤부터 뭘 그렇게 연구하는 거야? 그때 얘기하자고 했잖아."

"그게…… 지난번 도서관 세계에서도 그렇고, 이번 세계에서도 그렇고, 우리가 있는 곳으로 돌아올 때에 똑같은 걸 마주쳤어. 거대한 눈동자였는데, 그 이후에 뭐랄까…… 용의 형체처럼 보였어. 커다란 꼬리를 가진."

"용이라. 용의 눈동자인 건가……?"

"그런 것 같아. 그게 뭔지는 정확히 모르겠지만, 심연 속에서 나를 똑바로 쳐다보고 있었어."

타호는 생각하면 가슴이 답답하다는 듯 주먹으로 명치께를 두 번 쳤다.

"그게 우리 세계가 처한 상황과 뭔가 관계가 있는 걸까? 어쩌면 실마리일지도 몰라."

"그래서 마법서를 다시 한번 쭉 훑어보면서 용과 관련된 게 있는지 해석해 보고 있는데, 영 풀리지가 않아."

"그래도 좀 쉬는 게 좋지 않겠어? 돌아온 지도 얼마 안 됐잖아."

타호는 한숨을 푹 내쉬었다. 그러더니 비켄의 포션 한 병을 다시 한번 마셨다.

"쉬어야 하긴 하지. 내일 빙의 마법은 더 힘들 거라고 강사가 말했잖아."

솔은 고개를 끄덕였다. 웬일인지 용의 일족의 강사는 내일 훈련이 힘들 거라고 으름장을 놨다.

"얼마나 더 힘들어지려고 그럴까."

"몸이 부서지는 것처럼 아프겠지?"

타호는 고통스러운 빙의 마법을 떠올리며 몸을 부르르 떨었다. 가볍게 말했지만, 사실 피하고 싶었다.

솔은 창가를 바라보았다.

'별일 없어야 할 텐데…….'

빙의 마법이 계속될수록 영향을 가장 많이 받는 것 같은 사람은 유진이었다. 고된 훈련이 계속될수록 안색이 나빠졌고, 행동도 거칠어지거나 예민해졌다.

항상 맑던 드래곤 피크에는 오늘따라 안개가 자욱했다. 왠지 예감이 좋지 않았다.

"다들 모였군요. 전에 예고했던 대로, 오늘의 훈련은 매우 힘들 겁니다. 살면서 한 번도 겪어 보지 못한, 차원이 다른 고통일 수 있죠."

외알 안경의 강사가 뒷짐을 진 채 말했다. 평소에는 스타원이 모이고 나면 조금 더 늦게 나타나던 강사는, 오늘은 웬일인지 먼저 콜로세움에 와서 그들을 기다리고 있었다.

강사는 결심한 듯 주머니에서 뭔가를 꺼냈다.

"휴……, 빙의 마법에 필요한 목걸이네요."

"맞습니다. 내재된 힘을 증폭시키기 위한 아티팩트죠. 오늘은 그 내재된 종족의 목소리를 한계까지 끌어내어 직시하도록 하는 훈련을 할 겁니다."

강사의 말에 비켄은 침을 꼴깍 삼켰다. 유리알 너머로 눈빛이 형형히 빛나고 있었다.

지금까지는 종족의 힘을 부드럽게 타일러서 조금씩 빌려 쓴 거라면, 이제는 그 종족에게 '온전히 내 것이 되어라'라고 명령하라는 듯한 말투였다.

"고통이 따를 겁니다. 자존심이 강한 종족은 쉽게 자신의 힘을 내어주지 않으니까요. 하지만 잊지 마십시오. 당신들은 세계를 구할 영웅입니다. 용신의 큰 뜻을 이루는 데 도움이 될 사명입니다."

유진은 바로 미간을 찌푸렸다.

"그때도 말했지만, 우린 그런 건 모르겠고 우리를 지키고 싶을 뿐이에요."

강사는 목걸이를 잡고 대수롭지 않다는 듯 말했다.

"오직 당신들만 할 수 있습니다."

유진은 강사의 말에 어금니를 악물었다. 턱 근육이 강하게 올라왔다.

진실은 알려주지 않고 정해진 답만 뱅뱅 돌리는 느낌이었다.

"그러니까 그게 뭐냐고요. 용의 뜻이니 뭐니, 우린 모르겠어요. 우리가 할 일은 스스로를 보호하면서 우릴 믿고 기다리는 팬분들에게 좋은 무대를 선물하는 것뿐이에요."

"무대, 노래…… 뭐, 다 좋습니다. 다만, 그것들도 모두 세계를 구원한 다음에야 가능하다는 사실을 잊지 마세요."

강사는 더 이상 말할 필요도 없다는 듯 돌아섰다.

그러더니 바로 몸을 돌려 스타원을 쭉 훑어보았다. 그런 뒤 유진을 향해 물었다.

"강해지는 게 싫어요? 누구도 감히 맞서지 못할 큰 힘을 갖고 싶지 않습니까?"

유진은 날카로운 눈매로 강사를 똑바로 쏘아보며 말했다.

"세계를 구원하면 우리가 받은 사랑을 보답할 수 있다는 건가요?"

"그렇죠. 구원을 위해서는 막대한 힘이 필요하고요."

유진의 눈빛이 흔들렸다. 솔은 그런 둘의 모습을 가만히 바라보았다. 왠지 불안한 마음은 가시지 않았고, 계속해서 가슴이 울렁거렸다.

강사의 대답에도 유진은 생각보다 선뜻 입이 열리지 않았다. 무대 하나만을 바라보고 지내 왔었는데, 그걸 가능하게 해 준다는 말에도 자신 있게 나서기 어려웠다.

그만큼 빙의 마법은 고통스러웠고, 자신의 온 세상이었던 것마저 다 놓아버리고 싶게끔 유혹할 정도였다.

"우린 강해져야 해."

목소리의 주인공은 의외의 사람이었다. 바로 타호가 끼어들어 말한 것이었다.

제 54 화
고통스러운 훈련

"형들, 이 사람이 말해 주지 않는 수수께끼는 내가 열심히 풀어 볼게. 우리 그때까지는 최대한 강해지자."

솔은 타호의 말에 순간 울컥하였다. 마법서를 해독할 유일한 사람으로서, 타호가 짊어지고 있는 짐의 무게감이 느껴졌다. 그럼에도 포기하지 않고 저렇게 끈질기게 붙잡고 있는 게 안쓰러우면서도 기특했다.

다른 멤버들도 그걸 느꼈는지, 눈시울이 붉어져 있었다.

"그럼 해야지. 우리 타호가 그렇다면야."

유진이 말했다. 솔은 유진을 빤히 보다가 고개를 끄덕였다. 유진은 그런 솔을 어깨동무하며 말했다.

"그래서, 어떻게 하는 건데요?"

강사는 목걸이를 다시 들었다.

"아티팩트 강화에 성공했습니다. 아까 말했듯 훨씬 고도화된 빙의 마법을 시전할 수 있을 것입니다."

강사의 말에 유진이 앞으로 나섰다.

"제가 먼저 할게요."

걱정한 솔이 나서서 유진을 말리려 했지만, 유진은 괜찮다는 손짓을 하고 걸어갔다.

강사는 유진의 눈앞에서 목걸이를 흔들었다.

순간, 유진은 눈앞이 흐릿해지는 걸 느꼈다. 빙의 마법이 시전될 때 항상 느끼는 기분이었다. 강사는 낮게 속삭였다.

"목소리에 집중하십시오. 자, 당신의 몸 안에 자리한 단단한 존재가 느껴지십니까?"

유진은 자신의 내면에 집중하기 시작했다. 그러자 이전과는 차원이 다르게 속이 메슥거렸다.

몸속 세포 하나하나에 자리한 이름 모를 존재가 자신을 똑바로 응시하는 것처럼 느껴졌다. 각각의 존재는 두 눈을 가졌고, 수천 개의 눈알이 저마다의 존재감을 일깨우는 듯했다.

유진은 제 의지로 몸을 움직이지 않았지만, 몸의 근육들이 저절로 울툭불툭 뒤틀리며 일어나기 시작했다.

'안 돼. 이걸 깨우면 안 돼. 눈이 마주치면 안 돼.'

유진은 만약 그들이 자신을 인지한다면 돌이킬 수 없는 무언가를 저지르게 될 것 같았다. 마치 폭탄의 스위치를 누르는 느낌이었다.

"계속해서 응시하십시오."

식은땀이 등을 타고 흘렀다. 유진은 주먹을 더 꽉 쥐었다. 손톱이 살을 파고들었지만, 도저히 강사의 말대로 할 수 없었다. 눈을 질끈 감으면 감을수록 그들은 자신을 더 바라보는 것 같았다.

"큭!"

하지만 각각의 세포들이 점점 잠에서 깰수록 몸에서 폭발적인 힘이 증폭되는 감각이 느껴졌다. 세포들은 자신들을 잠재우라며 아우성치며 유진을 탓하는 듯했다.

그럴수록 유진의 이마와 목에 핏대가 섰고, 눈도 벌겋게 충혈되어 갔다.

'이, 이런 힘은 처음이야. ……그래, 눈을 마주쳐보자. 존재들을 깨워보자.'

유진은 결심하곤 더욱더 내면으로 파고들어 갔다. 세포들은 화가 난 듯 유진을 공격하기 시작했다.

"윽. 으윽……!"

유진은 너무나도 고통스러운 듯, 입술을 짓씹었다. 곧 피가 배어 나와 주룩 흐르기 시작했다.

솔은 이제라도 멈춰야 할지 조마조마한 마음으로 유진의 상태를 바라보았다. 하지만 아까 약속한 게 있어, 그의 집중을 깨뜨리지 않고 가만히 기다렸다.

얼마나 지났을까. 결국, 유진은 무너지듯 주저앉았다. 땀방울이 바닥에 흩어졌다.

땅을 짚은 손이 떨리고 있었다.

'괜찮을 거야.'

솔은 유진의 떨리는 손을 애써 무시하며 유진이 고개를 들기를 기다렸다.

그때, 강사의 목소리가 들렸다.

"역시, 성공했군요."

솔은 순간 아무 말도 하지 못했다. 유진의 머리에는 거대한 뿔이 하늘을 찌를 듯 자라나기 시작했고, 상체는 거대한 사슴 내지 캥거루의 그것처럼 비대한 근육이 자리해 있었다.

몸에서는 열이 나는지 수증기 같은 연기가 맴돌고 있었다. 마치 사람이 아닌 듯 낯설었다.

유진의 눈은 초점이 없었고, 새빨갛게 충혈되어 있었다.

다음 순간, 1초도 되지 않는 찰나에 유진은 콜로세움을 가로질러 뛰쳐나갈 듯 크게 도약했다.

발을 한 번 휘두르자, 콜로세움에 있던 허수아비 중 절반 정도가 산산이 조각나 형체도 보이지 않게 되었다.

뭐가 있었냐는 듯, 흙먼지만이 자욱할 뿐이었다.

"좋아요, 바로 그거예요!"

강사는 의식을 잃은 듯한 유진에게 계속해서 칭찬해주었다. 들뜬 표정에는 묘한 희열과 광기도 자리해 있었다.

하지만 그를 바라보는 스타원 멤버들의 마음은 무거웠다. 마치 원래 알던 유진이 아닌 것 같았다.

'이래도 되는 걸까. 너무 멀리 가는 건 아닐까.'

가슴속에 무거운 돌이 내려앉은 듯했다. 솔은 아무 말도 하지 못하고, 가슴에 손을 대어 꾹 눌렀다.

빙의 훈련이 끝난 밤. 모두들 각자의 종족을 일깨운 이후로 신체에 급격한 변화가 일어났다.

그 변화는 신체의 '훼손'에 가까웠고, 그만큼 지독한 고통이 따랐다.

모두들 유진과 유사하게 신체의 개조가 더욱 커졌으며, 능력도 비약적으로 강해졌다. 비켄은 수많은 덩굴들을 만들었다. 굳센 덩굴들은 모두 순식간에 솟아올랐다가 다시 땅으로 꺼지길 반복했다.

타호의 환상 마법은 마치 꿈을 꾸는 듯 현실인지 환상인지 구분이 불가능한 수준까지 이르게 되었다.

아비스는 날개가 더욱 거대해졌고, 그뿐만 아니라 새의 날카로운 발톱이 손가락을 따라 길게 자라나기까지 했다.

솔은 귀가 뾰족하게 자라나 드래곤 피크의 곳곳에서 누군가가 속삭이는 소리, 저 먼 시계탑의 초침이 똑딱이는 소리까지 모두 들을 수 있도록 청력이 발달되었다.

동시에 훈련의 후유증 또한 어마어마했다.

솔은 어마어마한 고통 속에 휩싸인 멤버들을 보며 위로도 할 수 없었다. 유진은 머리와 목이, 타호는 눈이, 비켄은 어깨가 아팠고, 아비스는 가슴이 두근거린다며 꼼짝도 하지 못했다.

다들 열이 엄청난지, 침대 위에 누워 있을 뿐이었다.

유진은 일전처럼 굉장히 예민해 보였다. 안대를 끼곤, 누구에게도 말을 걸지 못하게 한 뒤 소파에 몸을 누이고 있었다.

충혈되었던 눈도 쉽사리 돌아오지 않는 듯했고, 표정에서는 웃음기를 잃은 지 오래였다.

솔은 이래저래 걱정이 많았지만, 그래도 몸을 억지로 움직여 답답한 마음을 달래려 밤 산책을 나섰다.

드래곤 피크의 밤은 매우 어두웠다. 성의 창가에 어렴풋이 등불이 비치긴 했지만, 조금만 걸어가면 별빛만이 유일한 빛이었다.

하지만 솔에게는 마법이 있었다. 솔은 작은 불을 만들어서 머리 위로 띄웠다. 덕분에 밤길이 어둡지는 않았다.

솔은 자신을 열심히 따라오는 볼퍼팅어를 바라보았다. 볼퍼팅어는 오랜만에 단둘이 하는 산책이 좋은지, 귀를 쫑긋거리며 열심히 따라오고 있었다.

"좋아?"

큐!

솔은 볼퍼팅어의 귀여운 울음소리를 들으며 부지런히 다리를 움직였다.

솔의 어깨 위에는 아비스의 하얀 뱀도 함께였다. 솔은 뱀의 등을 살짝 쓰다듬었다. 뱀은 기분이 좋은지 꼬리를 살짝 흔들었다.

솔은 숨을 깊이 들이마시고 내쉬었다. 시원한 공기가 피부를 식혀줘서일까. 답답했던 마음이 조금 나아졌다.

솔은 자기도 모르게 속마음을 중얼거렸다.

"불안해."

솔은 그 말을 하고 입을 꽉 다물었다. 결국, 인정할 수밖에 없었다. 솔은 지금 한없이 불안하고 무서웠다.

솔은 하늘을 보며 계속 속마음을 토해냈다.

"뭔가의 도화선 같아."

역시 그 훈련을 더 말렸어야 했을까. 감당할 수 없는 고통에 모든 것을 놓아버리고 싶었다.

솔은 고개를 숙였다. 한참 그렇게 있자, 뱀이 날아와서 솔의 볼에 붙었다. 순간 느껴지는 시원함에 솔은 조금 웃어 보았다.

〈블랙 워터, 지구상의 모든 자원을 대체할 새로운 에너지원으로 밝혀지다!〉

〈최고의 자원 블랙 워터, 언제 고갈될지 몰라 선점이 중요해〉

〈땅에서 선물한 보배 블랙 워터, 유럽 근교에서 수차례 터지는 중〉

〈'블랙 워터 헌터'들의 싸움 시작되다!〉

콘서트 전, 잠시 밀린 스케줄을 하러 나간 스타원의 귀에 새로운 소식이 들려왔다.

헤드라인은 얼마 전 밝혀진 블랙 워터의 정체로 가득 차 있었고, 세간은 그 이야기로 시끌벅적했다.

블랙 워터를 통해 석유나 석탄 등의 자원보다 훨씬 더 효율적인 에너지를 만들 수 있다고, 온갖 매체에서 대서특필이 되었다. 그 소식은 블랙 워터를 차지하기 위한 국가 간, 세력 간 분쟁이 극심하다는 것으로 마무리되었다. 모든 국가에서 눈에 불을 켜고 블랙 워터를 차지하기 위한 싸움을 벌였다.

'요즘 세상이 너무 갈등으로 가득해지는 것 같아. 점점 더 그런 것 같은 건 기분 탓이려나……'

솔은 빙의 훈련으로 인해 찌뿌둥한 어깨를 돌리며 생각했다.

'용의 일족이 말하는 사명, 구원이란 것과도 관계가 있으려나……. 에이, 너무 갔다.'

솔이 애써 생각을 떨친 뒤, 물을 뜰 양동이를 고쳐 잡고 몸을 움직였다.

생각이 복잡해서 따뜻한 차라도 끓여 마실까 하고 근처 샘물로 가려던 참이었다.

솔이 찬바람을 맞으며 냇가로 갈 때였다.

"보고 싶었어!"

근처에서 낯선 목소리가 바람결에 섞여 들려왔다.

솔은 작은 목소리에 귀를 기울였다. 속삭이는 듯, 집중하지 않으면 들리지 않을 데시벨이었다.

그때, 익숙한 목소리도 섞여 있었다.

"몸은 괜찮아?"

주디의 가녀린 목소리였다. 상대가 누구인지는 몰라도 걱정하는 기색이 잔뜩 묻어 있었다.

솔은 눈치껏 피해주고 싶었다. 일부러 소리가 난 쪽 반대편으로 가려고 했다. 하지만 청력이 너무 좋아져서일까.

"응! 너무 너무 보고 싶었지 뭐야. 아, 그런데 우리 더 안쪽으로 숨자. 들킬까 불안해."

"그래, 그게 좋겠다."

솔이 숨으려던 노력이 무색하게, 목소리는 점점 가까워졌다.

'이런! 이러다가 들키겠어!'

솔은 서둘러 마법으로 만든 불을 끄고, 양동이를 꽉 안았다. 그러고는 주위를 둘러보다가 바로 나무 위로 뛰어올랐다. 솔의 걱정은 기우가 아니었고, 그들은 곧 솔과 가까운 곳으로 걸어왔다.

'졸지에 훔쳐보게 되네.'

목소리의 주인공은 둘 다 작은 아이들이었다. 어두웠지만, 실루엣은 구분할 수 있었다.

주디의 목소리에는 금세 울음이 섞였다.

"지, 진짜 괜찮은 거지?"

주디와 낯선 아이는 부둥켜안았다. 아주 그리웠던 누군가를 만나는 모양이었다.

솔은 나무 위에서 다행이라고 생각했다.

'주디가 마음을 의지할 곳이 있구나.'

항상 외로워 보이는 아이였는데, 누군가와 함께 있어서 안도감이 들었다.

주디와 낯선 아이는 도란도란 얘기하며 좀 더 멀어졌다. 솔은 나무 위에서 양동이를 고쳐 들었다.

솔은 볼퍼팅어와 하얀 뱀에게 속삭였다.

"주디는 여기가 아닌 다른 곳이 더 행복할 거 같아. 그렇지?"

뀨!

볼퍼팅어가 고개를 갸웃거리며 작게 울었다. 솔은 볼퍼팅어의 이마를 살짝 긁어줬다.

뱀은 뭔가 이해한다는 듯 혀를 날름거리며 작게 쉭쉭거렸다.

솔은 그런 뱀의 비늘도 얕게 쓸어주며 말했다.

"용의 일족은 그들이 말하는 용신을 위해서는 뭐든 할 것 같아. 그게 무슨 일이든 말이야. 아무리 원대한 꿈이라 할지라도, 그런 모습이 좋아 보이지는 않아."

솔은 한숨을 푹 내쉬었다.

"본인들의 목적만을 위해서 다른 이들을 이용해서는 안 된다고 생각해."

솔은 빙의 마법을 떠올리곤 자기도 모르게 속삭였다.

"안 돼. 그 힘은⋯⋯."

솔은 이마에 손을 짚었다. 안 된다고, 그렇게 말했지만, 쉽게 포기할 수는 없었다. 언제 또 위험이 닥쳐올지 몰랐고, 포기하기엔 너무 강력한 힘이었다.

솔은 바람 소리를 들으며 하늘을 바라보았다. 어두운 밤하늘이 꽉 막힌 솔의 심정을 대변하는 듯했다.

"내가 쓸데없는 걱정을 하는 걸까? 하지만 이대로 정말 괜찮은 걸까. 나조차 내 마음을 모르겠다, 하얀 뱀아, 답을 좀 알려주겠니?"

솔이 푸념하듯 말하자, 하얀 뱀이 어깨 위로 올라왔다. 솔은 뱀의 눈동자를 바라보았다. 총기를 머금은 눈이라는 게 느껴졌다. 반들반들한 눈이 밤하늘에 반짝였다.

솔은 뱀에게 한 번 싱긋 웃어주었다. 그쳤던 바람이 다시 불며 솔의 머리칼을 흩날려주었다.

솔은 머리를 숙였다. 뱀은 그런 솔의 이마에 자신의 이마를 댔다. 시원한 느낌이 들어서일까. 솔이 웃으면서 뱀의 허리를 쓰다듬을 때였다.

"어?"

갑자기 작은 민트색 빛이 이마 사이로 파고들었다. 솔이 깜짝 놀라서 고개를 뒤로 물릴 때였다. 뱀은 혀를 한번 내밀고는 날아올라서 솔의 어깨에 올라왔다.

"뭐, 뭐지?"

솔은 팔다리를 움직여봤다. 이상한 빛에 쐬어졌는데 다행히 문제는 없어 보였다.

'내, 내가 잘못 봤나? 하얀 뱀이 나한테 민트색 빛을 뿌린 거

같은데?'

솔은 하얀 뱀을 바라보았다. 뱀은 평소처럼 어깨 위에 앉아 있을 뿐이었다.

'뭐, 뭐가 뭔지. 괜찮겠지?'

솔은 한숨을 내쉬면서 나무 아래로 뛰어 내려왔다.

그쳤던 바람이 다시 불었다. 솔은 머리를 뒤로 넘기며 다시 강가로 갔다. 기분은 나아졌지만, 왜일까, 꺼림칙한 느낌은 여전했다.

제 55 화
악몽과 콘서트

숨이 막혔다.

뭔가가 목을 내리눌렀다. 이대로 끝날 수는 없었다. 짐승처럼 변한 귀와 온몸이 터질 듯이 아파서 이성을 유지할 수가 없었다.

솔은 고개를 들었다.

'그것을 불러야 해.'

이제는 시간도 없었다. 솔은 눈을 감은 채, 소환에 집중했다.

단단한 반항이 느껴졌다. 반항을 깨트리고 억지로 빙의하면 이제 돌아올 수 없다. 죽을지도 모른다는 사실도 알고 있다. 하지만 이제는 다른 방법이 없었다.

'이것이 어떤 결과를 불러온다고 해도……'

솔은 비틀거렸지만 쓰러지지 않았다. 자신은 이 힘이 필요했다.

손안의 주사위를 꽉 쥔 채 모든 힘을 쏟아부었다. 그 순간, 귓가가 타오르는 거 같았다.

주사위의 문양이 빛났다. 솔은 자신이 아닌 무언가가 몸에 덧씌워지는 것을 느꼈다. 해냈다는 느낌이 든 순간, 의식이 까 맣게 덧칠되어갔다. 입안에서 뜨거운 것이 왈칵 솟아올랐다. 불쾌한 이명이 귓가를 찔렀다.

이제 더는 생각할 수도 없었다. 저항하고 싶지만, 이제는 그 것도 불가능했다.

총천연색의 날개가 보였다. 거친 바람 사이로 붉은 꼬리 깃 이 흔들렸다.

의식이 잠기고 숨이 막혀왔다. 아니, 이제는 숨을 쉴 필요도 없었다.

부서진 폐허 아래, 죽은 듯이 누워 있는 자신의 모습이 보였 다. 솔은 남은 의식 속에서 그 모습을 확인했다.

그렇게 모든 것이 지워질 때였다.

분명 해낼 줄 알았는데, 그랬는데…….

"……어?"

눈앞에 환상 같은 민트색 빛이 어른거렸다. 예전, 연습실 복도에서 마주했던 그 빛이었다. 솔은 빛을 향해 손을 내밀었다. 저것이 자신을 구해 줄 것 같았다.

민트색 빛에 손끝이 닿을 듯 안 닿을 듯하여 갈증이 나려던 찰나.

그 순간, 굳었던 온몸이 풀리기 시작했다.

"헉!"

솔은 급하게 상체를 들어 침대에서 일어났다. 심장이 미친 듯이 뛰었다. 꿈인 걸 인지한 뒤에도 좀처럼 떨리는 몸이 가라앉지 않았다.

솔은 긴 숨을 내쉬며 이마에 손을 얹었다. 몸에는 이미 식은 땀이 흥건했다.

'그 빛은 뭐였지? 아니, 그보다…… 그건 분명 나였어.'

몸이 하염없이 떨렸다. 꿈속에서 피를 흘린 채 죽어 있던 한 남자. 그건 분명 솔 자신이었다.

자각과 동시에 더 깊은 두려움이 몰려왔다. 단지 꿈일 뿐이라고 생각하고 싶었지만, 왠지 그럴 수가 없었다.

솔은 흐르는 땀을 닦으며 숨을 몰아쉬었다. 이마의 땀을 훔쳐낼 때, 서늘하지만 매끄러운 피부가 느껴졌다. 뱀은 식은땀으로 축축해진 솔의 손을 피하지 않고 작게 하품했다.

몸은 계속 부들부들 떨렸다. 꿈속의 자신은 불러내선 안 될 것을 불러내었고, 몸에 빙의되자마자 피를 울컥거리며 죽었다.

"무엇인지는 몰라도, 그걸 불러내면 나는 죽는다는 경고인 건가……."

그때, 하얀 뱀이 혓바닥을 내밀었다. 피부 위로 부드러운 감촉이 느껴졌다. 간지러움에 솔은 고개를 겨우 들었다.

"나를 위로해주려는 거야?"

뱀은 그렇다는 듯 눈을 깜박였다. 솔은 어색하게 웃으며 눈물을 닦았다.

사실, 악몽에 힘들어하는 시간도 사치이긴 했다. 내일이 그토록 기다리던 콘서트이기 때문이다.

빙의 마법으로 인해 온몸이 찢기듯 아픈 와중에도 콘서트의 세트 리스트에 따라 안무와 노래 연습을 틈틈이 해 왔다.

솔은 스마트 워치로 시간을 확인했다. 새벽 2시. 다시 잠들면 되지만, 아직도 몸은 이상하게 떨렸다.

솔은 주머니 속에 넣은 주사위를 매만졌다. 따뜻한 느낌이 들었다. 하얀 뱀은 진정하라는 듯 계속 혓바닥으로 피부를 간질였다.

"자꾸 내가 죽는 불길한 꿈을 꾸네. 무슨 의미이려나……."

솔은 뱀에게 대답을 원하듯이 말했지만, 뱀은 아무 말 하지 않고 그저 눈만 깜박일 뿐이었다.

'지혜의 환수라고 했었지.'

솔은 조금 웃으면서 속삭였다.

"고마워."

그렇게 무서운 경고라니. 솔은 한숨을 내쉬었다. 도대체 뭘 어떻게 해야 하는 걸까.

솔은 입술을 꽉 깨물었다.

솔은 주사위를 계속해서 매만졌다. 주사위의 온기와 위로를 받아서일까.

"길이 막혔을 때는 지금 할 수 있는 것을 해야지."

다른 방향으로 생각을 해볼 용기를 가지게 되었다.

그럼, 이 어둡고 막막한 상황 속에서 지금 해야 하는 게 뭘까.

지금 당장 눈앞에는 콘서트라는 중요한 일정이 있었다. 런던의 근사한 콘서트장에서 하는 만큼, 준비한 것을 모두 보여주어야 할 때였다.

지금 다시 잠에 들지 못하고 뒤척인다면 필시 다음날의 컨디

선에 영향을 줄 터였다. 열심히 준비한 만큼 팬 분들에게 보여 주지 못할 가능성이 컸다.

'그래, 어서 자야지. 그래도 소환이나 빙의 마법을 계속할지에 대해서는 멤버들의 솔직한 생각도 들어봐야 할 것 같아. 모두들 억지로 참고 있는 것 아닐까. 이렇게나 고통스럽고, 정체 모를 경고도 계속되는데.'

솔은 그렇게 생각하며 이불을 목 위로 끌어올렸다. 유진의 어두운 표정도 자꾸만 겹쳐서 떠올랐지만, 이제 자야 한다. 물론 잠은 오지 않지만 그래도 억지로 눈을 감았다.

'우선, 콘서트가 끝나고…… 콘서트가 끝나면…….'

자꾸만 같은 생각을 되뇌던 그때, 뭔가 포근한 게 몸을 감싸는 거 같았다. 그게 이상하다고 느끼는 순간, 솔은 잠에 빠져들었다.

새근새근-.

곧이어 고른 숨소리가 들렸다.

끼익.

숙소의 문이 열리고, 한 인영이 들어왔다. 뱀은 고개를 휙 돌려 그 사람을 바라보았다. 인영은 그런 뱀에게 꾸벅 고개를 숙이며 예를 갖추고 말했다.

"감사합니다, 지혜의 환수시여."

뱀은 알았다는 듯 눈을 깜박였다. 인영은 작게 중얼거렸다.

"······적어도, 오늘은 자게 하고 싶었습니다."

솔은 새근새근 잘 잤다. 그걸 확인하자, 인영은 천천히 돌아섰다.

탁-.

솔의 방문이 닫혔다. 하얀 뱀은 그걸 힐끔 보고는 솔의 손목 안으로 들어갔다.

드디어 고요한 밤이 찾아왔다. 뱀은 솔의 색색거리는 숨소리를 들으며 눈을 감았다.

솔은 다행히 중간에 깨지 않았다. 다시 눈을 떴을 때는 그토록 고대하던 콘서트를 하는 날의 아침이었다.

"꺄악, 어떡해! 나 드디어 솔 실물 영접하는 거야?"

"라이브 들을 생각에 너무 설렌다!"

런던 최대 규모의 거대한 콘서트장. 넓은 규모임에도 입구부터 팬들로 매우 붐볐다.

많은 인원의 경찰과 보안요원이 줄을 안내하며 통제했지만, 워낙 많은 수의 팬 때문에 소란은 좀처럼 잠재워지지 않았다.

수만 명의 관객이 차례대로 각 좌석에 착석을 완료한 뒤, 드디어 콘서트의 화려한 막이 올랐다.

"5, 4, 3!"

계속 웅성거리던 객석은, 카운트다운을 알리는 전광판 화면이 나오자 순식간에 고요해졌다.

스타원의 팬클럽 아이온은 숨을 죽이고 화면을 바라보았다.

"2, 1!"

그때, 콘서트장의 조명이 모두 꺼졌다. 비상등이 있지만 꽤 어두웠다. 아이온이 기대감에 숨을 죽이고 있을 때였다.

"와아아아아아!"

무대 위에 거대한 책 형상이 생겼다. 책장 사이사이로 황금빛을 찬란하게 흩뿌리고 있었다.

팬들은 자기도 모르게 탄성을 질렀다. 조명 따위로 만든 것과는 눈부심이 달랐다. 황홀함에 빠지게 만드는 환상 마법이었다.

솔은 무대 뒤에서 대기하며 슬쩍 타호의 환상 마법을 보았다. 최종 리허설 때도 봤지만, 정말 정교했다.

'증강현실이나 홀로그램이 아무리 발전해도 타호의 마법을 따라갈 수 없을 거 같아.'

팬들의 기대에 화답하듯, 빛나는 책은 허공에서 책장을 펼쳤다.

페이지는 한 장 한 장 넘어갔다. 종이 위를 보석으로 장식된 화려한 깃펜이 움직였다. 빛으로 채워진 듯한 잉크는 별자리처럼 알 수 없는 점과 선을 찍으며 계속 이어졌다.

책 위로 금색 글자가 떠올랐다.

⟨Epilogue⟩

⟨그들은 별이 아니므로, 빛나지 않았다.⟩

글자는 찬란하게 반짝였다. 아이온은 이렇듯 슬프고도 아름다운 문구를 보고는 입을 막고 작게 신음을 내뱉었다. 장황하게 말하지 않아도 팬들은 알았다. 이 콘서트의 주제는 '정해진 엔딩'이었다. 스타원이 마법을 얻기 전부터 현재 전 세계적인 톱스타가 되기까지의 일대기를 담은 듯한 자전적인 콘서트였다.

그때, 핀 라이트 불빛이 하나씩 켜졌다. 음악이 흐르고, 스타원은 한 명씩 천천히 등장하며 노래를 시작했다. 앞서 보여준 화려한 환상 마법에 비해 소박한 등장이었다.

솔은 노래하며 타호를 슬쩍 바라보았다. 마법을 그토록 연습했지만, 거대한 환상 마법을 펼치는 건 역시 부담이 많이 되는 것 같았다. 사실 그래서 규모를 줄여보자는 의견도 냈었지만 타호는 이 환상을 꼭 보여주고 싶다고 했다. 자기 얘기를 하고 싶다고 했던가.

타호는 땀을 뻘뻘 흘리고 있었다. 동선을 바꾸며 타호는 앞으로 나오기도, 뒤로 빠지기도 했다. 그 움직임에 따라 멤버들 사이사이에서 민트색 빛이 뿜어져 나왔다.

빛은 스타원의 안무에 따라 겹치고 흩어졌다. 서로 손을 맞추는 움직임에는 빙글빙글 돌기도 했다.

환호성이 더해갔다. 곡은 서서히 끝을 향해 갔고, 마지막 노랫말이 점차 사그라들 때 다시 조명이 꺼졌다. 그때, 멤버들 사이를 휘돌던 민트색 빛들이 점점이 모여 별을 이루었다.

거대한 민트색 별 하나가 책 위로 올라왔다. 그 별이 돌면서 빛을 한번 뿜어낸 뒤에야, 음악이 완전히 그치고 조명이 다시 켜졌다.

"꺄아아!"

"와아!"

아이온은 소리를 지르며 응원봉을 흔들었다. 응원봉이 연출하는 거대한 민트색 물결을 보면서 스타원은 활짝 웃었다.

스타원은 아이온의 빛 속에서 손을 흔들어 인사했다.

"안녕하세요, 스타원입니다."

콘서트장은 스타원이 한마디씩 할 때마다 팬의 함성으로 가득 찼다. 스타원은 각자 소개를 했다.

"안녕하세요. 솔입니다. 런던은 오늘 비가 내리네요."

"안녕하세요. 유진입니다. 살짝 춥던데, 옷은 따뜻하게 입고 오셨나요?"

"네에-!"

아이온은 하나가 되어 그렇다고 외쳤다.

"안녕하세요. 타호입니다. 이 환상 마법 어때요?"

"엄청나요-!"

"정말 예뻐요!"

객석에서는 너도 나도 좋다는 마음을 크게 내비쳤다.

타호는 활짝 웃으며 말했다.

"열심히 연습했어요. 오늘이 아름답게 기억되었으면 해서 이렇게 해봤습니다."

"안녕하세요. 비켄입니다. 오늘, 부디 즐겨주세요!"

아이온은 계속해서 민트색 응원봉을 흔들었다. 그 모습을 보며 아비스는 손을 흔들었다.

"안녕하세요. 아비스입니다!"

아비스는 그 말을 하고 무대 옆쪽으로 한번 달려갔다. 타호가 깔아둔 빛들도 아비스의 뒤를 따라갔다. 그러자 근처의 관객석에서 환호성이 잇따랐다.

"이것도 타호 형의 환상 마법이에요. 별빛이 가득한 밤이네요. 오늘 즐거운 시간 보내시면 좋겠어요."

아비스는 다시 원래 위치로 돌아왔다. 솔은 다시 마이크를 잡으며 말했다.

"오늘 콘서트는 저희의 경험에서 아이디어를 모아봤습니다. 우리가 겪어왔던 감정이 여러분께도 전해지면 좋겠다고 생각했어요. 자 그럼, 다시 시작합니다!"

아이온은 다시 함성을 질렀다. 그러자 조명이 바뀌었다.

제 56화
별이 잠든 세계에서

"와아……."

팬들의 감탄성이 이어졌다. 무대에서는 계속해서 꿈결 같은 환상 마법이 이어졌다. 현란한 무지갯빛 색채를 띠는 아우라가 물결처럼 넘실거렸다.

타호는 계속 환상 마법을 펼쳤다. 중간중간에 다른 멤버들도 간단한 바람과 불 효과를 선보이며 이따금 마법을 대체하긴 했지만, 타호의 정교한 환상 마법을 대신하지는 못했다.

이토록 환상적인 마법 속에서 스타원의 노래가 울려 퍼졌다. 보컬은 굳이 마법을 통한 버프 효과를 더하지 않아도 탄탄하고 안정적이었다. 마법이 없는 아이돌일 때 갈고닦았던 실력 덕이었다.

한 곡이 끝날 때마다 허공에 떠 있는 책 위로 거대한 민트색 별이 하나씩 더해졌다. 별이 네 개 떠 있을 무렵. 이제 마지막 곡 차례였다.

허공에 떠 있던 책이 천천히 움직여 스타원의 눈높이까지 내려왔다. 책은 한 바퀴 빙글 돌더니, 제일 마지막 장으로 책장을 넘겼다.

스타원은 서로를 보다가 앞으로 걸어갔다. 지정된 자리에 서자, 마치 책 위에 서 있는 것처럼 보였다. 스타원이 천천히 관객석을 바라보자, 아이온은 목이 터져라 소리를 질렀다.

솔은 숨을 내쉬었다. 화려한 라이트 속에서 이 순간이 꿈속처럼 느껴졌다. 많은 사람 앞에서 콘서트를 하고 싶었던 오랜 바람이 이루어진 순간이었다.

솔은 민트빛 물결을 보며 웃었다. 부디 이 순간만큼은 이 충만한 감동만 느끼고 싶었다.

'왜냐하면, 이 설렘은 곧 끝날 테니까 말이야.'

멸룡도가, 용의 일족. 어깨를 짓누르는 일들은 어느 것 하나 해결되지 않은 채 잔뜩 남아 있었다.

'하지만 지금은 이 순간을 충실히 즐길래.'

솔은 무거운 마음을 잠시 제쳐두고 다시 환하게 웃었다. 그러자 팬들의 함성이 이어졌다.

마지막 곡이 시작되었다. '별이 잠든 세계에서'라는 곡이었다.

솔이 마이크를 들고 첫 소절을 시작했다.

잠들어 빛을 잃은 별을 봤을 때, 다른 세계에 온 걸 알았어.

솔은 자신이 마법을 처음 펼쳤을 때를 떠올렸다. 그때는 이 힘이 그저 좋기만 했었다. 기적처럼 찾아온 마법에, 새로운 삶이 시작되었음을 느꼈다.

솔은 옆을 바라보았다. 유진이 솔의 어깨를 잡으면서 다음 소절을 이어갔다.

희미한 빛을 따라 달리고 달려도, 그 빛에 닿을 수 없어.

하지만 마냥 마법을 즐기기에는 눈앞에 닥친 시련들이 너무 고되었다. 솔은 유진의 떨리는 눈빛을 바라보았다.

유난히 고통스러운 유진의 빙의 마법을 떠올렸다. 노랫말처럼 스타원은 정체 모를 희망을 향해 쉼 없이 달려가고는 있지만, 아무리 노력해도 만족할 만큼 강해질 수 없었다.

우리는 얼마나 힘들고 고통스러워야 하는 걸까.

솔이 잠시 상념에 빠진 사이, 비켄의 목소리가 들렸다.

우리에게 희망이 있을까, 저 빛에 닿으면 알 수 있을 것만 같은데.

솔은 순간 주먹을 꽉 쥐었다. 수많은 팬들과 함께 있어서일까, 감정이 자꾸 격해졌다.

수없이 불렀고, 완전히 외운 가사였다. 그럼에도 새롭게 와닿았다.

그때, 타호가 또 다른 환상 마법을 펼쳤다. 이미 땀으로 푹젖었고, 마법을 쓰는 눈도 뜨거워졌지만 그래도 포기할 수 없었다.

무대 위에 마지막 민트색 별 하나가 빙글빙글 돌았다.

아비스는 저도 모르게 별을 향해 손을 내밀었다. 별빛은 아비스의 손등을 스쳤다가 저 멀리 책 위를 향해 떠올랐다.

내 이름을 기억해. 내 이름을 불러 줘. 노래해 줘.

아비스는 그런 별을 향해 외치듯 노래했다. 큰 별은 아비스의 부름을 뒤로하고, 위를 향해 두둥실 올라갔다.

타호는 자신이 띄워 올린 마지막 별을 바라보며 노래했다.

그때, 기적처럼 별이 빛났어. 잠들었던 별이 깨어난 거야.

스타원은 무대 중앙에 나란히 섰다. 그리고 서로 눈을 맞추며 화음을 시작했다.

마침내 우리는 서로를 찾았던 거야.

스타원은 관객을 향해 손을 흔들었다. 눈이 마주친 아이온은 입을 가리고 눈물을 글썽였다.

스타원은 노래를 계속 이어갔다. 마침내 마지막 소절을 불렀을 때였다. 무대 위에 펼쳐져 있던 책이 흔들리더니 책장이 요동쳤다.

솔은 온 힘을 다해서 환상 마법을 하는 타호의 팔을 꽉 잡았다. 타호는 눈을 감고 마법에 집중했다.

페이지는 정신없이 이동했다. 그러다 처음처럼 에필로그란 글자가 위로 올라왔다. 하지만 그 글자는 부서져서 바닥으로 흩어졌다.

그와 동시에 조명도 다시 어두워졌다. 하지만 어둠은 오래가지 않았다. 찬란한 민트색 빛이 스타원 사이로 퍼져나갔다.

팬들은 함성을 내질렀다. 찬란한 빛은 계속해서 맴돌다가 천장으로 올라가 관객석을 향해 퍼져나갔다. 팬들은 그 빛을 손으로 점점이 찍어 보았다.

화려한 빛 속에서 솔은 마이크를 고쳐잡으며 말했다.

"우리는 마법 없는 아이돌이었어요. 영원히 그 상태일 줄 알았죠."

유진이 솔의 어깨에 손을 올리며 말했다.

"주위의 모든 사람이 우리에게 무대를 떠나라고 했었어요. 하지만 우리는 희망을 잃지 않고 계속 연습했죠."

비켄은 웃으면서 고개를 들어 팬들을 바라보았다. 팬들의 기뻐하는 모습에 가슴이 벅차올랐다.

"그러던 어느 날, 우리에게 마법이 다가왔어요. 다들 기적이라고 했어요. 하지만 진정한 기적은 부족한 저희를 계속 지켜보셨던 아이온의 사랑이라고 생각해요."

타호가 자신이 만든 민트색 별을 바라보며 물었다.

"아이온은 우리를 별이라고 불러요. 아이온, 우리가 별인가요?"

"네에-!"

아이온은 그렇다고 소리를 질렀다. 아비스는 그걸 보며 웃으면서 말했다.

"늘 감사합니다. 약속할게요. 소중한 기적이 계속 이어지도록 노력하겠습니다."

아비스의 말에 화답하듯, 응원봉이 파도처럼 물결쳤다.

솔은 반짝이는 객석을 바라보았다.

'소중해.'

멤버들도, 아이온도 너무나 소중했다. 솔은 가슴 속에서 울컥 올라오는 눈물을 애써 내리눌렀다.

곧 이상한 바람이 들었다.

'지키고 싶어. ……하지만 어떻게?'

상황이 좋지 않았다.

아무것도 해결하지 못했고, 미래는 점점 미궁으로 치달았다. 바로 눈앞에 벌어질 일조차 알 수 없는데, 무엇을 지킬 수 있는 걸까.

솔은 어제 꾸었던 꿈을 떠올렸다. 단순히 불길한 꿈이 아닌, 예지의 조각이란 걸 알았다.

미래를 엿볼 수 있는, 엘프의 아이.

솔은 왈칵 치미는 감정을 애써 눌러 담고, 다시 객석으로 시선을 돌렸다. 민트색 불빛들이 아름다워서일까. 이번에야말로 눈물이 날 것 같았다.

"슬슬 끝나가는군. 뒤를 쫓을 준비해."

"알겠습니다."

"방심하지 마. 최근 많이 강해진 거 같으니까."

차가 빽빽이 주차되어 있는 콘서트장 앞의 주차장.

거대한 돔형 콘서트장 위로 어른거리는 민트색 아우라를 보며 복면을 쓴 남자들이 대화를 나누었다.

그들은 서로 눈짓하다가 고개를 끄덕였다. 그러고는 가볍게 도약해서 주차된 차를 밟으며 흩어졌다.

쿵-.

큰 소리는 아니었지만, 차 안에서 졸던 남자가 느끼기에는 충분했다. 그는 차 문을 열고 나와서 차 위를 확인했다. 하지만 아무것도 보이는 것이 없었다.

남자는 기분 탓인가 싶어서 같은 곳을 한참 바라보았다. 하지만 여전히 아무 일도 없었다.

"유령인가?"

남자는 다시 차 안으로 들어왔다. 그러고는 괜히 무서워서 차 안에 라디오를 틀었다.

[블랙홀 현상은 계속되고 있습니다.]

연예면의 실시간 기사는 죄다 스타원의 이름으로 가득 찼다. 하지만 뉴스의 메인 헤드라인은 변하지 않았다. 뉴스는 죄다 런던 한복판에 생긴 거대한 블랙홀 현상을 다뤘다.

[주의하실 것을 다시 알려드립니다. 신체에는 영향이 없습니다. 안심하셔도 좋습니다. 하지만…….]

라디오 너머, 아나운서는 거듭 주의할 점을 말했다.

콘서트가 끝나고, 기진맥진하여 집에 돌아가는 길.

스타원은 몸이 지칠 대로 지쳤지만, 마음은 아직도 진한 감동의 여운이 가시지 않은 채였다.

"우리가 이렇게 거대한 콘서트장에서 공연을 하다니. 정말 감회가 다르네."

비켄이 황홀한 듯 말했다. 그러자 다른 멤버들도 저마다 차창 밖을 바라보며 미소를 지었다.

다들 말할 힘도 없어 보였지만, 마음속으로 오늘 공연을 되새기고 있었다.

매니저 DK는 그런 스타원을 위해 잔잔한 음악이라도 틀어줄 겸, 라디오를 틀었다.

습관처럼 튼 라디오에서는 예의 블랙홀 현상에 대한 말만 앵무새처럼 되풀이했다.

"⋯⋯이런 일이 잦네."

솔이 말했다. 원래 블랙워터의 시추는 굉장히 드문 일이었다. 하지만 근래는 기다렸다는 듯 세계 여러 곳에서 시추에 성공했다는 소식이 많이 들렸다. 물론 그만큼 블랙워터를 서로 쟁취하기 위한 분쟁이 여기저기서 생긴다는 소식도 잔뜩 들렸다.

솔은 멤버들을 바라보았다. 유진을 제외한 다른 멤버들은 지쳤는지 눈을 감고 있었다. 하지만 잠을 자고 있는 것 같지는 않았다.

솔은 옆자리에 있는 유진에게 작은 목소리로 물었다.

"유진 형, 우리 마법 발현하기 바로 전날 떠오르지 않아? 그때도 비슷했잖아. 갑자기 강력한 웨이브가 발생했었던가."

유진은 고개를 끄덕였다.

그때 블랙워터 웨이브 때문에 차에 탄 멤버들의 몸이 크게 쏠렸었다. 부작용으로 인해 새로 온 매니저는 그만두었다.

열린 창문 사이로 느껴졌던 타이어 타는 매캐한 냄새가 아직도 선명했다.

"그래도 그때와 우리 상황이 다르긴 하지. 그때의 우리는 해외 콘서트는 꿈도 꾸지 못했었잖아."

"그건 맞지."

솔은 마법이 발현되기 전의 스케줄을 떠올렸다. 콘서트는커녕, 음악방송도 힘들었다. 예능은 거의 대타였고, 열심히 해도 좋은 말을 들어본 적이 없었다.

당시 생각에 한숨을 푸욱 내쉬던 그때, 라디오에서 충격적인 소식이 들려왔다.

솔은 귀를 기울였다. 영어라서 완벽하게 알아들을 수는 없었지만, 라디오에서 나오는 뉴스는 솔을 놀라게 하기 충분했다.

"유진 형, 들었어? 블랙워터 소유권 분쟁에서 총기 사용을

허용한대. 그것도 국제기구 차원에서.”

“뭐, 지금도 뒤에서는 총을 실컷 쓰잖아.”

“하지만 그렇다고 대놓고 허용하는 건 조금······.”

세상이 블랙워터에 미쳐가는 거 같았다. 믿어왔던 상식의
선이 계속 부서졌다.

“별로 좋은 느낌이 들지 않아.”

유진은 창밖을 보면서 대답했다.

“그렇다고 해도 우리랑은 관련 없지. 분쟁이 일어난다고 해
도, 뭘 할 수 있겠어.”

콘서트를 하고 지쳐서일까, 유진은 살짝 까칠했다.

“형 말이 맞아. 우리가 관련이 있지는 않지. 하지만······ 모
두들 싸우기 전에 대화라도 해보면 어떨까 싶어서.”

솔은 넌지시 했던 생각을 솔직하게 털어냈다.

“서로 잘 안다고 생각해도, 상대의 입장을 넌지시 아는 거랑
직접 대화하는 건 다르잖아. 가뜩이나 분쟁이 심해지는데, 국
제기구에서까지 무기를 허용하는 건 이상해.”

유진은 솔의 말을 일축했다.

“솔아, 그건 너무 이상적인 얘기야.”

제 57 화

달라진 전투

유진은 턱을 괴곤 대수롭지 않다는 듯 말했다.

"대화를 하더라도 막상 싸움이 시작되면 모두 수포로 돌아 갈걸."

솔도 유진의 말에 가만히 고개를 끄덕였다. 일리 있는 말이 었다. 하지만 쉽게 수용하고 싶지는 않았다.

자신과 같은 주장을 하는 사람도 세상 어딘가에는 있어야 하는 것 아닐까.

그때였다.

끼이익-!

거친 브레이크 소리가 귓전을 때렸다. 차에 탄 사람들의 몸 이 한쪽으로 쏠렸다. 차는 한참을 밀려서야 겨우 멈추었다. 정 신을 차린 솔은 황급히 멤버들을 돌아보았다.

"다들 괜찮아?"

모두들 잠에 들었던 탓에 다소 놀랐을 뿐, 다친 곳은 없어 보였다.

그때 운전석에 있던 매니저 DK가 뒤를 돌아보며 말했다.

"갑자기 도로가 막혀 있네. 휴, 무슨 사고라도 났나?"

솔은 앞 좌석을 바라보며 물었다.

"어떻게 된 거예요?"

"그러게, 나도 잘……."

매니저 DK도 갸웃거리던 찰나, 틀어놓았던 라디오에서 뉴스가 들려왔다.

[현재 '광장의 탑' 블랙 워터 시추 현장 주변은 블랙 워터를 탈취하려는 무리가 점령 중에 있습니다. 사고 지역 근처에 계시는 분들은 긴급 대피를 권고드립니다.]

[……정부는 군 병력을 사고 현장에 배치 중입니다. 위험하니 차에서 나오지 마십시오.]

뉴스에 놀란 솔은 차창을 살짝 내려 밖을 둘러보았다. 꽉 막힌 도로 위는 이리저리 복잡하게 얽힌 차들로 가득했다.

일대의 교통은 마비되었고, 시추 현장으로 보이는 곳 주위는 높은 펜스로 둘러싸여 있었다.

펜스 주변으로는 정부 마크가 그려진 깃발을 단 여러 대의 탱크로리가 둘러싸고 있었다.

잠에서 갓 깨어난 타호가 눈을 문지르며 말했다.

"이게 다 무슨 일이래. 우리는 그냥 차에서 기다리면 되나?"

다른 차들도 안에서 상황만 보고 있었다. 매니저 DK가 말했다.

"일단 기적을 숨기고 상황을 지켜보자. 너희는 유명인이니까, 혹시라도 사고에 엮이면 곤란해."

그러자 아비스는 창 너머를 가리키며 말했다.

"그러고 싶은데…… 괜찮을까요?"

시추 현장 주변으로 검은 연기가 희미하게 나고 있었다. 미처 대피하지 못한 인도 위의 사람들은 아수라장에서 도망치려 하고 있었다.

"광장의 탑은 안 그래도 시민들로 북적이는 공간인데."

비켄이 걱정된다는 듯 말하자, 기다렸다는 듯 묵직한 소리가 도로에 울려 퍼졌다.

쿵-!

무언가가 터지는 소리 같았다.

"꺄아아악-!"

차 옆으로 사람들이 떠밀리듯 달려 도망쳤고, 뒤따라 검은 연기가 미친 듯이 퍼져나갔다. 도망치는 시민들의 역방향으로, 복면을 쓴 무리가 탱크로리를 향해 총으로 잔뜩 무장한 채 달려가고 있었다.

타호는 그중 한 명과 눈이 마주쳤다.

"설마 저게 블랙 워터를 탈취하려는 사람들인가?"

타호는 자기도 모르게 중얼거렸다.

탕, 탕!

왜 안 좋은 예감은 늘 맞는 걸까. 낯선 총성이 울려 퍼지기 시작했다.

솔은 자기도 모르게 어깨를 움찔했다. 그 뒤로는 사람들의 비명이 가득 찼다.

그때 매니저 DK가 심각하게 말했다.

"내가 여기서 어떻게든 차를 돌려서 빠져나가 볼 테니까, 어서 창문 올리고 너희는 숨어 있어."

매니저 DK는 잠시 꺼뒀던 차의 시동을 다시 걸었다. 하지만, 이리저리 바퀴를 돌려 보아도 속수무책이었다.

"아악!"

그때, 복면 무리에게서 도망가던 한 남자가 총알에 스쳐 맞은 듯 소리쳤다. 유진이 앉은 곳 바로 옆에서 벌어진 일이었고, 멤버들은 괴로워하는 남자의 얼굴을 생생히 목격했다.

유진은 주먹을 꽉 쥐었다.

"가만히 있으라고 말했어."

매니저 DK는 그들의 감정을 읽은 듯 다시금 경고했다. 사실 솔도 고민하던 찰나였다. 마법을 쓸 줄 아는 우리가 힘없이 당하는 시민들을 보고도 숨어 있는 게 맞을지.

하지만 매니저 DK의 말이 맞았다. 이 상황에서는 차 안에서 나가지 않는 게 맞았다. 라디오에서도 경고했고, 스타원이 나선다고 일이 잘 해결될지도 미지수였다.

스타원이 마법을 쓸 수 있다 한들, 이건 그들과 상관없는 일이었다.

그렇게 생각을 정리한 순간.

"엄마! 엄마-!"

어머니의 손을 놓쳐, 울면서 어머니를 찾으며 달려가고 있는 어린아이를 발견했다.

어머니는 그런 아이를 보았지만, 복면 무리에게 떠밀리고 부딪치느라 쉽사리 아이에게 다가서지 못하고 있는 상황이었다.

그때, 아이가 다리에 힘이 빠졌는지 주저앉아 엉엉 울었다.

뒤에서 무장한 탈취범이 아이가 있는 방향을 향해 던지려는 듯, 수류탄에서 핀을 뽑으려 하고 있었다.

"형, 죄송해요."

덜컥!

그걸 본 솔은 생각하기보다 행동이 앞섰다. 차 문을 열고 나갔다. 도저히 보고만 있을 수 없었다.

솔은 곧바로 불 화살을 장전하였다. 탈취범은 예상한 대로 준비한 것을 던졌다.

휙-.

불 화살은 높이 올라가 그것을 정확히 명중하였다.

펑!

그러자 공중에서 거대한 불꽃을 내며 터졌다. 하늘 높은 곳에서 터졌기에 망정이지, 땅에서 터졌다면 근방 몇 미터는 위험했을 터였다.

화가 난 솔은 탈취범을 노려보았다. 탈취범은 예상치 못한 공격에 화가 났는지 미간을 찌푸렸다.

"S!@ㅌX#!"

폭탄이 불발되자, 외국어로 욕을 내뱉었다. 뒤에서 타호가 외쳤다.

"형, 나이스! 블랙 워터 때문에 저런 류의 폭탄을 많이 쓰지는 못할 거야."

어느새 타호도 차에서 내려 있었다.

솔은 고개를 끄덕였다. 저 무기는 위협용일 터였다. 물론 그 위협용 무기도 일반인에게는 치명적이겠지만 말이다.

솔은 화기에 주의하며 다시 화살을 장전했다. 탈취범은 다른 수류탄을 꺼내 들고 있었다.

유진은 바로 탈취범에게 뛰어갔다. 그러고는 뛰어올라서 탈취범의 등을 다리로 찼다.

"윽!"

탈취범은 그대로 날아서 차에 부딪힌 채 기절했다. 유진은 숨을 몰아쉬며 말했다.

"솔아, 이들이 다가 아니야! 저쪽을 봐!"

솔은 미간을 찌푸린 채 주위를 둘러보았다. 누구를 말하는 것일까.

그때, 익숙한 모습의 무리가 보였다.

'또?'

대체 이들은 어떻게 알고 혼란한 일이 있을 때마다 우리를 노리는 걸까. 늘 미행하고 있는 것일까.

멸룡도가 거리를 좁혀 오는 걸 확인한 솔은, 장전한 화살의 방향을 바꾸어 그들을 향해 쏘았다.

화살은 주위 공간을 찢으며 빛보다 빠른 속도로 날아가 멸룡도가 마법사 중 한 명의 어깨에 명중했다. 마법사는 고통스러운지 그대로 쓰러졌다.

솔은 확신했다.

"예전과는 달라."

그때는 속수무책으로 멸룡도가에게 당했었다. 하지만 지금은 이렇게 저항할 수 있었다. 힘든 수련들은 결코 헛되지 않았다.

솔이 자신감을 가지고 원거리에서 공격할 때, 멸룡도가를 발견한 비켄은 바닥에 식물 줄기를 뻗었다. 그러고는 공격하려는 마법사의 다리를 휘감았다. 마법사는 버둥거리며 저항했지만, 곧 덩굴에 휘감겨 기절했다.

비켄이 땅의 것들을 활용해 승기를 올리고 있다면, 공중전에서는 아비스의 소환수가 엄청난 성과를 올렸다.

아비스가 소환한 모스맨과 하피는 각자 잘할 수 있는 전투 방법을 십분 활용했다.

모스맨이 공중에서 날개를 흔들자, 상대를 마비시키는 독이 공중에 퍼졌다. 그로 인해 멸룡도가가 주춤하자, 하피는 날카로운 발톱을 휘둘렀다.

"크윽!"

발톱에 얼굴이 반쯤 찢긴 마법사가 얼굴을 부여잡은 채 바닥에 쓰러졌다.

우당탕!

그 위로 다른 마법사가 겹쳐 쓰러졌다. 유진의 발차기를 맞고 날아온 것이었다.

상황은 유리하게 돌아갔다.

그러자, 멸룡도가는 아까 주저앉았던 아이를 겨우 들쳐 안은 채 도망가던 어머니를 끌어 잡았다.

스타원이 약한 부분을 알고 인질로 삼은 것이었다.

순간 솔은 분노가 끓어올랐다.

멸룡도가의 악랄함을 목도한 스타원은 각자 내재한 힘을 바로 개방했다.

제일 먼저 비켄의 어깨에 강철 가시가 돋아났다. 거대한 식물 덩굴들이 땅에서 돋아났다. 식물은 멸룡도가의 팔다리를 잡고 인질에게서 떨어뜨려 놓기 시작했다.

유진은 머리에 뿔이 솟아났다. 그러자 몸에서 수증기 같은

열기가 맴돌기 시작했다.

이전과는 차원이 다른 발차기로 멸룡도가를 공격했다. 엄청난 힘의 격차에 마법사들은 바로 나가떨어졌다.

아이와 엄마는 겨우 무사히 빠져나가 도망쳤지만, 이들이 또 다른 인질을 잡을지도 몰랐다. 스타원은 방심하지 않고 공격에 더 박차를 가했다.

비켄은 시민과 멸룡도가가 거리를 벌릴 수 있도록 그들 사이에 나무로 된 벽을 만들었다. 그로 인해 시야가 가려지자, 멸룡도가는 로브 자락을 휘날리며 공중으로 날아올랐다.

그러고는 허공에 손을 내리그었다. 흩날리는 로브 소매 사이로 알 수 없는 문양의 진이 떠올랐다.

타호는 바로 심안을 틔웠다. 눈이 타들어 가는 듯했지만, 저 마법진이 성공하면 상황은 바로 멸룡도가 쪽으로 기울 것이 분명했기에 사전에 막아야 했다.

"웃……."

타호의 심안에 이상한 아지랑이들이 가득 보였다. 타호는 눈에 힘을 주어 실처럼 생긴 마법진들을 끊어냈다.

마법진이 활성화되지 않아 당황한 마법사들은 허둥지둥하다가 솔의 화살을 맞고 바닥에 처박혔다.

쿵!

유진은 무력만으로 벌써 몇 명째 처리 중이었다. 멸룡도가 마법사들을 하나하나 처리할 때마다 기분이 좋았다. 이토록 쉽게 나가떨어지는 이들 때문에 두려워했다니.

유진은 활짝 웃으면서 내재한 힘을 더 개방했다. 더 강해지고 싶었다. 더 강력한 팔과 다리를 가지고 싶었다. 이들을 더 무참히 짓밟고 싶었다.

'전투란, 승리할 때 의미가 있는 거 아니야?'

퍽-!

유진이 밀어버리니, 멸룡도가 마법사가 바닥으로 떨어졌다. 마법사는 몇 번 바닥에 구르다가 기침을 했다. 보지 않아도 알았다. 기침에는 피가 섞여 있었다.

유진은 피 냄새에 승리를 확신했는지 점점 더 흥분해서 마법사들을 해치기 시작했다.

이렇게 싸움이 끝나는 줄 알았다. 하지만 그때였다. 혈을 뱉어내던 멸룡도가의 마법사는 그 피를 손가락에 묻혀 바닥에 진을 그렸다.

"뭐, 뭐 하는 거야. 그만둬!"

타호는 급히 심안의 힘으로 마법진을 완성하는 걸 끊어내려고 했다. 하지만 이번에는 상대가 더 빨랐다.

피로 그려진 마법진이 바닥에 완성되었다. 문양이 바닥에서 피어올랐다. 피를 매개로 해서인지, 진은 더 붉고 명확했다.

허공이 찢기고, 어디선가 소환된 듯 작은 벌레들이 들이닥쳤다. 이 벌레들은 소환수라기보다는 훈련된 군사에 가까웠다. 순식간에 뭉치더니 스타원의 발 위로 올라오며 공격하기 시작했다.

솔은 황급히 불 공을 만들어냈다. 하지만 벌레의 수가 어마어마했다. 아무리 솔이 불을 키워도 땅을 넘어 하늘을 가득 메운 벌레들을 막을 수 없었다.

벌레들은 하늘 위를 까맣게 점거하며 모스맨을 에워쌌다. 모스맨의 날개 사이사이를 파고들며 공격했다.

하피에게도 주변을 둘러싸고 몸에 찰싹 달라붙어 움직임을 방해하며 물어대기 시작했다. 하피의 강력한 손톱도 벌레들에게는 속수무책으로 당하게 되었다.

아비스는 모스맨과 하피를 있던 세계로 돌려보내고, 이 상황을 타개할 만한 다른 환수를 소환했다.

피유우-!

회색 피부를 지닌, 닭 형상의 환수가 곧바로 모습을 드러냈다.

'부탁해. 코카트리스.'

무리한 소환이었는지 심장이 뻐근했다. 아비스는 가슴을 부여잡고 초조하게 상황을 바라보았다.

코카트리스는 벌레를 석화시켜 바닥으로 떨어트렸다. 딱딱하게 굳은 벌레들이 우수수 바닥 위로 떨어졌다.

하지만 아무리 석화시켜도 벌레의 수를 이길 수 없었다. 마법진 사이로 벌레들은 계속해서 보충됐다.

'저 진만 없애면……'

타호는 유리했던 상황이 단숨에 역전된 건 저 마법진 때문인 걸 알고 있었다. 저걸 막지 않으면 이 전투는 가망이 없었다.

타호는 심안을 틔웠다. 하지만 쉽게 마법진을 끊어낼 수 없었다.

"크윽!"

그때, 멸룡도가 마법사가 기다란 채찍을 소환하여 정신없이 싸우는 유진의 다리를 잡아챘다. 솔이 곧장 그 마법사에게 화살을 쐈지만, 이번에는 빗나갔다.

솔은 다시 화살을 장전했다. 그사이 유진은 채찍에 휘감긴 채 바닥으로 쓰러졌다.

상황이 더 안 좋아졌다. 타호는 입술을 꽉 깨물고, 다시 심 안을 움직였다. 눈가가 타들어가며 시야가 흔들렸다. 하지만 일단 마법진부터 없애야 했다.

그때였다. 길이 조절이 자유로운 채찍이 길게 늘어나 타호의 머리를 후려쳤다.

타호는 천천히 바닥으로 쓰러졌다.

"타호야!"

퍽-!

채찍을 쓰던 마법사는 한눈을 판 대가로 유진의 발차기를 맞고 허물어졌다.

거리는 어느새 블랙 워터 탈취범보다 스타원과 멸룡도가의 전투로 아수라장이 되어가고 있었다.

탈취범들은 서로 눈짓했다. 일단 블랙 워터가 있는 탱크로 리부터 빼내려는 계획이었다.

그들은 서둘러 운전석에 올라탔다.

탈취범이 도망치려는 상황을 눈치챈 아비스는 코카트리스에 게 그들을 막아달라고 신호했다. 코카트리스는 마안으로 탈취 범의 차량 전체를 석화시켰고, 바퀴는 굴러가지 않게 되었다.

그때, 유진이 마법진을 연 마법사의 등을 세게 쳤다. 그러자 벌레를 불러내는 데 힘을 많이 써서인지, 마법사는 바로 기절해 쓰러졌다.

붉은 마법진은 흔들리더니 자취를 감추었고, 수없이 쏟아지던 벌레들도 멈추게 되었다.

스타원은 그제야 한숨 돌리고 주위를 둘러보기 시작했다.

제 58 화
영웅이 받는 환호성

짝짝, 짝, 짝짝짝!

스타원의 주위를 둘러싼 군중이 가득했다. 그들은 스타원이 승기를 잡은 걸 눈치채곤 박수를 쏟아내기 시작했다.

찰칵-.

어디선가 플래시가 터졌다.

한번 시작된 카메라 셔터음은 계속 이어졌다. 그걸 시작으로 간간이 환호성이 들렸다.

"휘이익!"

상황과 어울리지 않는 휘파람 소리도 섞여 있었다.

솔은 믿을 수 없었다. 카메라도 환호도, 스타원에게는 이제 익숙한 것이었다. 하지만 왜일까. 지금 이 자리에서는 너무 낯설었다.

'그만둬달라고 하고 싶어.'

솔의 눈동자가 떨렸다.

환호성은 점점 더해졌다. 저 멀리 방송국 카메라까지 보였다. 솔은 떨리는 눈으로 한 걸음 뒷걸음질 쳤다.

"영웅, 영웅!"

사람들은 스타원을 향해 영웅이라고 외쳤다. 습격에서 구해진 사람들은 그저 기뻐할 뿐이었다.

아까 구해 준 아이의 어머니는 연신 눈물을 닦아내고 있었다.

솔은 아이돌이 이 자리에서 어떻게 행동해야 하는지 알고 있었다.

'웃어야 해……'

그런데 도저히 미소를 지을 수 없었다.

사람들을 구했고, 그럴 수 있을 만큼 충분히 강해졌다. 분명히 솔이 간절히 원하던 것이었다. 하지만 그와 동시에 다른 광경들도 눈에 들어오기 시작했다.

피를 잔뜩 흘리며 정신을 잃고 쓰러진 멸룡도가의 마법사들.

스산한 바람이 불었다. 솔은 숨을 놀아쉬면서 쓰러진 멸룡도가 마법사들을 바라보았다.

그들의 면면은 스타원을 죽일 듯이 공격하던 게 무색하게도 너무 어려 보였다.

상황이 자신들에게 불리한 걸 알자, 멸룡도가는 후퇴하기 시작했다. 그들은 부상당해 잡힌 동료들을 내버려둔 채, 허공으로 사라졌다.

솔은 도망가는 멸룡도가 마법사 몇 명을 화살을 쏘아서 맞혔지만, 몇 명은 그냥 보낼 수밖에 없었다. 그건 유진도 마찬가지였다. 도망치는 마법사 몇을 바닥에 패대기쳤지만, 그들은 필사적으로 도망갔다.

솔은 그 광경을 보곤 그제야 이 생각이 들었다.

'이 사람들은 왜 우리를 습격하는 거지?'

그때, 용의 일족이 말한 그 이유가 맞는 걸까? 세상을 정화할 용신의 뜻을 방해하기 위해서?

'세상이 멸망하길 바란다면, 자신의 죽음도 두렵지 않아야 하잖아. 그런데 이들은 죽음을 두려워해. 그러면서도 필사적으로 우릴 막으려고 하고. 왜지?'

가만히 서 있는데도 아무것도 모를 상황에 숨이 벅차올랐다. 솔은 주먹을 꽉 쥐며 생각을 털어냈다. 일단은 멤버들의 안

위가 제일 걱정되었다.

솔은 타호에게 달려갔다. 다행히 타호는 이미 비켄이 돌보고 있었다. 하지만 의식을 차리지 못했다.

비켄이 중얼거렸다.

"솔 형, 타호가 눈을 뜨지 않아. 숨은 쉬는 거 같은데……."

"영웅, 영웅!"

타호가 위중한 상황임에도 군중은 환호했다.

솔은 이 상황이 너무 어지러웠다. 빨리 어디론가 가고 싶었다. 병원, 드래곤 피크, 아니, 어디라도 좋았다. 적어도 이곳만 아니면 될 거 같았다.

"일단, 우리 차를 찾아서……."

솔은 순간 말을 잇지 못했다.

"으윽!"

아비스가 가슴을 부여잡고 쓰러졌다. 유진이 바로 어깨를 잡았지만, 아비스는 정신을 차리지 못했다.

"아비스! 유진 형!"

"빨리 쉴 수 있는 곳으로 가자."

그렇게 말한 유진도 슬슬 고통이 밀려오는 듯했다. 솔이 고개를 끄덕이며 필사적으로 밴을 찾았다.

'강해졌고, 물리쳤어. 사람들도 지켰는데······, 이게 진짜 우리가 바란 게 맞을까?'

혼란스러웠다. 그리고 고통스러웠다.

문득 솔은, 그간 파편처럼 보았던 꿈의 장면들을 떠올렸다. 시간이 지날수록, 마법을 익힐수록 그 꿈에 확신이 생겼다.

'그건 결코 꿈이 아니야. 미래의 한 조각이야.'

사람들이 대량으로 죽고, 본인들도 죽는 미래였다. 어떻게 대비해야 할지 감조차 잡히지 않았다.

사람들의 환호성은 더 강해졌다. 방송국 카메라는 사람들 사이를 헤치고 결국 스타원에게 닿았다.

"방금 그들은 누구인가요?"

"한 말씀 부탁드립니다!"

인터뷰를 요구하는 것 같은데, 솔은 아무 말도 할 수 없었다. 와닿지 않았다. 그저 모든 상황이 영화처럼 느껴졌다.

"솔아, 솔아! 어서 차에 타!"

귓가에 여러 소리가 겹쳐 웅웅거렸다.

기자들은 마이크를 들이밀었지만, 솔은 자신을 부르는 매니저의 목소리를 듣는 것 외에는 아무 일도 할 수 없었다.

솔은 죄송하다는 말만 겨우 하고 밴에 올랐다.

솔은 타호의 손을 잡으며 쓰러지듯 눈을 감았다.

드래곤 피크에 돌아와 기절하듯 잠에 들었다. 그 후로 며칠
이 지났지만 아직도 몸 상태는 엉망진창이었다.

솔은 손가락을 쓸었다. 화살을 장전할 때 다친 손이 아직도
쓰라렸다. 상처는 좀처럼 낫지 않았다.

솔은 어깨를 돌렸다. 어깨도 팔도 이미 한계라고 비명을 지
르고 있었다.

하지만 솔은 훈련을 그만둘 수 없었다. 점점 거리를 좁혀 오
는 멸룡도가 또 언제 습격할지 알 수 없었기 때문이다.

솔은 주위를 둘러보았다. 오늘따라 숙소는 너무나 조용했
다.

다들 각자 방에 들어가 있었다. 편히 쉬고 있다면 좋지만, 상
황은 그렇지 못했다.

'다들 아파하고 있어.'

빙의 마법의 여파였다. 솔은 오늘, 아니, 요즘 들어 한층 더
무리해서 받는 훈련을 떠올렸다. 습격 때문에 충격을 받은 멤

버들은 빙의 마법 훈련에 박차를 가했다.

'빙의 마법을 멈추는 게 어떻겠냐고 말이라도 한번 꺼내봤으면 좋겠지만……'

결과는 솔도 알았다.

'아마, 모두들 반대하겠지.'

솔도 이해했다. 상황상, 작은 힘 하나하나가 소중했다.

사실, 멸룡도가의 습격은 블랙 워터 탈취 사건 이후로 더 잦아졌다.

심지어 용의 일족의 공간인 드래곤 피크까지 잠입하여 멤버들을 공격했다. 멤버들이 고된 훈련을 마치고 숙소에서 쉬고 있을 때, 갑자기 성에서 강력한 진동이 느껴졌다.

솔은 순간, 지진인가 싶었다. 그래서 일단 멤버들과 함께 복도로 달려 나갔다. 하지만 그 뒤에 본 것은 예상보다 심각한 상황이었다.

성의 복도와 벽을 타고 불길이 붙어, 길을 따라 화재가 번져 나가고 있었다.

아비스가 바로 공간을 찢고 물을 소환해서 뿌렸지만, 불은 꺼질 기미를 보이지 않았다.

"마법으로 만든 불인가 봐!"

솔은 주위를 둘러보았다. 복도 천장에 거대한 검은 마법진이 휘몰아치고 있었다. 마법진 사이로 멸룡도가 마법사들이 쏟아지듯 내려왔다.

좁은 복도에 마법사들이 가득 찼다. 솔은 재빨리 화살을 장전했고, 유진은 빙의 마법을 펼쳤다.

픽-!

유진의 엄청난 힘에 마법사들은 낙엽처럼 벽에 처박혔다. 솔이 더 강해진 유진의 힘을 느꼈을 때였다.

"유진 형!"

비켄은 유진의 모습을 바라보곤, 덩굴을 펼치는 것도 잊고 신음을 내뱉었다. 솔이 고개를 돌렸다. 그 순간, 솔은 자신이 본 것을 믿을 수 없었다.

유진의 손이 거무스름하게 변해 있었다. 손톱은 맹수의 그것처럼 더 길어졌고, 팔뚝은 거의 두 배가 되어 있었다.

팔의 형태 자체가 아예 변형되었다. 아니, 마치 괴물의 팔이 달린 거 같았다.

"유진 형, 괜찮아?"

유진은 대답하지 않았다. 이성을 잃은 듯했다. 하지만 솔은 유진의 표정을 보고 알았다.

'기분…… 좋아 보여.'

단순히 강해진 힘을 즐기며 좋아하는 게 아니었다. 멸룡도
가 마법사들을 때리고 벽에 박아버리는 행위 자체에 즐거움
을 느끼는 듯했다.

마법사 두 명의 몸이 유진의 팔 안에 눌렸다. 유진의 힘은
굉장했다. 멸룡도가 마법사는 저번처럼 기다란 채찍을 휘둘렀
지만, 이번에는 비켄의 덩굴에 의해 막혔다.

유진이 그렇게 멸룡도가를 제압할 때, 타호는 이번에야말로
심안에 집중했다. 마법이 실처럼 이어진 검은 아지랑이들이
눈 위에 떠다녔다.

타호는 마법진을 해체하는 데 집중했다. 타호가 심안으로
아지랑이들의 흐름을 차단했다.

"으……."

마법진이 겨우 중지되자마자, 타호는 눈을 안고 쓰러졌다. 비
켄은 서둘러 식물로 벽을 만들어 타호를 보호했다.

아비스가 소환한 하피의 위력도 대단했다. 강력한 날카로운
발톱에 마법사들은 옷이 찢기고 생채기가 난 채로 일어나지를
못했다.

그때, 악에 받친 멸룡도가 마법사가 불꽃을 만들어 아비스

를 공격했다. 유진은 그 사이를 막아선 채, 뜨거운 불길을 단단한 팔로 막고 바로 되받아쳤다.

결국 불꽃에 맞은 마지막 마법사마저 쓰러졌다. 복도에 쓰러져 있는 몇 명의 마법사들 외에 다른 이들은 모두 도망갔는지 보이지 않았다.

복도를 휘감았던 불길도 점차 사그라들고 있었다.

솔이 숨을 몰아쉬었다. 솔은 그을린 복도와 괴물 팔로 변한 유진을 바라보았다. 유진은 쓰러진 마법사들을 잔뜩 흥분한 기색으로 보고 있었다.

'만일 저게 습격하려는 멸룡도가를 방어하려는 거면 좋겠지만……'

하지만 왜일까. 솔은 유진이 또 누군가를 공격하고 싶어서 기회를 잡는 것처럼 보였다.

솔은 잠시 유진을 뒤로하고 타호에게 다가갔다. 타호는 고통스러워 보였지만 이번에는 그래도 의식은 있었다.

솔은 무너져 있는 타호를 부축했고, 비켄은 식물 방패를 없앴다. 아비스가 하피를 막 돌려보냈을 때였다.

드디어 성의 주인인 용의 일족이 나타났다.

용의 일족은 무심한 눈으로 쓰러진 멸룡도가 마법사들을

바라보았다.

"이제 제법 쥐새끼들을 퇴치할 수 있을 만큼의 실력이 됐군요. 수고했습니다."

솔은 눈을 깜박였다. 쥐라니. 설마 멸룡도가의 마법사를 말하는 걸까. 아니, 그보다 이들은 멸룡도가가 침입했다는 사실을 알면서도 모른 체했던 것일까.

그때였다. 벽에 쓰러져 있던 멸룡도가 마법사 하나가 신음을 내며 용의 일족에게 손을 뻗었다. 용의 일족은 그 모습을 보더니 픽 웃었다.

"하찮은 쥐새끼들."

가장 가까이 있던 용의 일족 마법사가 허공에 손짓했다.

"컥!"

멸룡도가 마법사의 몸이 기괴하게 반쯤 비틀렸다. 너무 순식간이라 말릴 틈도 없었다. 마법사는 고통스러운지 벌레처럼 팔다리를 버둥거렸다.

용의 일족은 짧게 웃으며 그들의 등을 발로 찍어 넘겨버렸다.

"악!"

멸룡도가 마법사가 신음을 냈다. 용의 일족은 그것조차 마음에 안 드는 듯했다. 무리에서 제일 수장인 용의 일족의 마법사는 손가락을 튕겼다.

복도에 쓰러진 멸룡도가 마법사들이 하나씩 사라졌다. 어디론가 워프시키는 거 같았지만, 솔은 이들이 마치 죽은 쥐를 치우는 것처럼 느껴졌다.

······그리고 현재. 솔은 며칠이 지나도 그 순간을 잊지 못했다.

괴물처럼 팔이 변한 유진, 아픔에 신음하던 타호, 쥐새끼라 부르면서 인간의 몸을 비튼 용의 일족까지.

'이건 아니야.'

뭔가가 엇나가고 있었다.

솔은 이마에 손을 얹었다. 착잡함에 입안이 썼다.

참 아이러니한 일이었다. 이렇게 힘든데, 지금 스타원은 꿈도 꿀 수 없었던 빛나는 자리에 올라가 있었다.

온갖 지표는 톱을 찍었다. 탱크로리 근처에서의 전투를 사람들은 시민들을 구해낸 멋진 영웅이라며 칭송했다. 아무 일이 없어도 매번 언론에 스타원의 이름이 올라갔다. 상상도 못했던 인기였다.

팬들도, 팬이 아닌 사람들도 스타원을 '영웅'이라고 불렀다.

솔은 그 영웅이란 단어를 볼 때마다 숨을 쉬기가 힘들었다.

어깨가 한없이 무거워졌다.

'아니라고 하고 싶어.'

우리는, 그냥.

그냥…….

솔은 고개를 푹 숙였다. 이건 아니라는 생각만 드는데 나아가는 열차를 멈출 수가 없었다. 솔은 이 열차의 올바른 방향을 도저히 알 수 없었다.

솔은 탁자에 그대로 엎드렸다. 아무것도 보이지 않았다.

제 59 화
주디의 동생

얼마나 그렇게 있었을까. 상념은 계속해서 꼬리에 꼬리를 물고 이어졌지만, 솔은 애써 생각의 끈을 놓으려 애쓰고 있었다.

그렇게 얕은 숨만 내쉬고 있을 때였다. 갑자기 누군가의 온기가 어깨에 닿았다.

"어?"

솔은 깜짝 놀라 고개를 들었다. 비켄이 걱정스러운 표정으로 솔을 보고 있었다.

"솔 형, 괜찮아? 많이 피곤해 보이네."

솔은 순간 어색하게 웃었다. 멤버들을 걱정시키고 싶지 않았다.

이럴 줄 알았으면 방에 들어가 있을걸.

"응, 괜찮아. 걱정하지 마. 너는 어때?"

"뭐, 여러 번 싸운 뒤로 열도 나고 힘들고 고통스러운데……
그래도 괜찮아. 그나저나 유진 형이 걱정이야. 요새 많이 안 좋
아 보여서."

유진의 몸은 비약적으로 변형이 되어서 전과 차원이 다른
힘을 얻게 된 듯했지만, 마냥 좋아 보이지는 않았다.

하지만 유진은 몸은 아무렇지 않다는 듯 점점 더 강해지기
만을 맹목적으로 원하는 듯 보였다.

그렇지만 신체가 변형된 유진의 고통이 얼마나 심할지 솔은
상상조차 하지 못했다.

"비켄, 너는…… 아니, 아니다."

솔은 쓰게 웃으며 말을 하려다 멈추었다. 비켄에게라도 빙의
마법을 그만두는 게 어떻겠냐고 하려다가 관두었다.

답이 뻔했기 때문이었다.

"응? 뭐?"

"아냐, 아무것도."

비켄은 솔을 보며 맞은편에 앉아 턱을 괴었다. 같이 있어도
침묵이 감돌았다. 요새는 늘 다들 지쳐 있는지 별로 대화를
시도하지 않았다.

솔은 억지로라도 웃음을 지어 보였다.

"이럴 때일수록 힘을 내자고 말하려 했어. 우리가 힘들어하는 걸 아는지 패밀리어들도 기운이 없는 것 같아."

솔은 애써 말을 돌렸다. 솔의 말을 기다렸다는 듯, 비켄도 밝은 기색으로 전환하며 말했다.

"볼퍼팅어도 그래? 조롱박 곰도 시무룩해. 괜찮다고 쓰다듬어도 걱정되나 봐."

"유진 형의 쟁도 그런 거 같더라."

솔이 동조하며 말하자, 비켄은 매우 조심스럽게 말을 꺼냈다.

"형, 그런데 있잖아. 그, 싸우고 나면 항상 용의 일족이 우리랑 싸웠던 멸룡도가의 마법사들을 어디론가 보냈잖아. 마치 워프시키듯이 말이야."

"그랬지."

"어디로 보내서, 뭘 하는 걸까?"

솔도 계속 생각해왔던 일이었다. 그래서 용의 일족 강사에게 물어본 적이 있었다.

그때 강사는 '사명을 위한 일'을 하고 있다고 대답했다. 물론 구체적인 것은 여전히 말하지 않았다.

"우리를 납치하고 공격한 사람들에게 이런 생각을 가지는 게 좀 이상하긴 한데……."

솔은 비켄의 마음을 대신해서 말했다.

"잔인한 일이 벌어지지 않았으면 좋겠지?"

"응, 바로 그거. 굉장히 신경 쓰여. 멸룡도가 마법사들을 어디론가 보내서 모아두는 거 같은데……."

상황을 전혀 알 수 없었다.

솔이 답답한 기색으로 말했다.

"우리, 우리를 지키기 위한 싸움을 하는 게 맞겠지?"

비켄은 대답 없이 한숨만 푹 내쉬었다. 강해지고 있는 건 확실한데, 무엇을 위한 싸움인지 도통 알 수 없었다.

솔은 고개를 저으며 생각을 털어냈다. 만약 알고 있다고 한들, 할 수 있는 게 없었다. 다시 침묵이 내려앉았다. 비켄은 머리카락을 쓸어 올리며 말했다.

"그나저나 주디는 잘 지내나? 요새 얼굴을 못 봤네. 그러고 보면 약초 수프도 없다."

"아, 저번에 물 떠오는 길에 멀리서 한번 봤어. 친구와 오랜만에 만난 것 같았는데, 즐거운 거 같더라."

"다행이다. 주디가 행복하다면야……."

솔은 주디가 즐거워하던 모습을 떠올리니 기분이 좀 나아졌다.

비켄은 한숨을 포옥 내쉬며 탁자에 엎드리며 말했다.

"그런데 솔 형. 나는……."

그때 비켄이 솔도 잊고 있었던 말을 했다.

"누구와든 대화를 해봐야 하지 않을까 싶어."

자신이 얼마 전에 유진에게 한 말이었다. 솔은 눈을 깜박였다. 비켄은 진지하게 말을 이었다.

"대화를 할 수 있는 상황이 선행되어야 하겠지만, 그래도 말이야, 맹목적인 싸움보다는 나을 것 같아."

솔은 고개를 끄덕였다. 혼자서만 이런 생각을 하는 줄 알았는데, 이렇게 말해주는 비켄이 고마웠다.

"맞아, 나도 그렇게 생각해. 서로 원하는 것을 좇기보다 터놓고 대화할 수 있는 시간이 있으면 좋겠지만 말이야……. 쉽지 않네."

솔은 심호흡하며 자리에서 일어났다.

"배고프지 않아? 뭐 먹을까?"

둘은 마주 보며 웃었다. 속마음을 터놓고 말해서일까. 조금 마음이 가벼워진 느낌이 들었다.

"그래, 우선 나가자."

비켄은 웃으면서 의자에서 일어났다. 솔은 나가기 전에 창문을 바라보았다. 저녁때라고 생각했는데 벌써 밤이었다. 안개가 껴서일까. 오늘따라 별이 희미했다.

기분 탓일까, 왠지 오늘따라 무슨 일이 벌어질 것만 같았다.

비켄과 솔은 숲속 오솔길을 걸으며 산책했다. 시원한 바람이 그들 사이를 스쳐 지나갔다.

비켄은 숲속에 심어 두었던 약초를 능숙하게 캤다.

솔은 그런 비켄의 뒤에서 주위를 열심히 둘러보았다. 요즘 습격이 잦았던 터라, 혹시 모를 기습에 방심할 수가 없었다.

솔은 언제라도 화살을 쏠 수 있도록 준비했다. 비켄은 캔 약초를 바구니에 담으며 말했다.

"내가 식물을 잘 다룰 줄이야. 상상도 못 했어. 원래 항상 뭔가를 키우기만 하면 말려 죽이기 일쑤였는데."

"불 화살은 또 어떻고. 나는 화살이란 걸 사극이나 올림픽에서만 봤었어."

"우리 참 많이 변했다."

솔은 피식 웃으며 화살을 바라보았다. 하도 쏘아서일까. 어느덧 활이라는 무기에 익숙해진 지 오래였다.

비켄은 덩굴들 사이사이를 계속 뒤적거렸다.

"그건 숙소 주위에 심을 수는 없는 거야?"

"물가 주변, 그늘에서만 자라더라."

덩굴은 대단히 컸다. 비켄은 덩굴의 여린 잎만 따내서 바구니에 담았다.

"음, 이 잎은 많이 필요하니까 덩굴을 더 크게 자라게 해놓을까. 여기 그늘도 많으니까 딱 좋겠다."

비켄은 덩굴을 향해 마법 빛을 살짝 쏘았다.

빛이 뿜어낸 싱그러운 힘이 닿자, 덩굴은 꿈틀거리면서 몸집을 불렸다. 덩굴은 순식간에 사람 몇 명이 숨어도 모를 만큼 거대해졌다.

"아무리 그래도 이렇게 자라게 해도 돼?"

"괜찮을걸. 여기는 어차피 숲이잖아."

덩굴들은 꿈틀거리며 계속 커졌다. 마치 살아있는 문어 같았다.

덩굴의 움직임에 마치 자아가 있는 듯해 신기해하던 찰나. 갑자기 낯선 외침이 들렸다.

"잡아!"

"쥐새끼 같으니라고!"

소리가 난 곳은 꽤 먼 곳이었다. 솔은 소리가 난 방향을 바라보았다.

'저기는 언덕 쪽인데…….'

무슨 일인지 알아보려면 언덕을 올라가야 했다. 솔은 비켄에게 말했다.

"잠깐 보고 올게. 무슨 일이 있는 것 같아."

솔은 말하고 언덕 위로 뛰어 올라갔다. 유진만큼은 아니어도, 솔도 꽤 가벼운 몸짓이었다.

비켄은 솔의 뒷모습을 바라보며 거대해진 덩굴의 줄기를 매만졌다.

덩굴줄기에 잠시 기대자 풀 향기와 바람 소리가 기분 좋게 다가왔다. 오랜만에 느껴보는 상쾌함이었다.

비켄이 줄기를 쓰다듬으며 까슬한 감촉을 느낄 때였다.

'어?'

갑자기 손끝이 따끔하는 듯한 정전기가 느껴졌다. 비켄은 이런 감각을 느껴본 적이 있었다. 마력이 담긴 식물을 만지면 이렇게 전기가 오르는 듯했다.

'내 마력 때문인가?'

그렇게 비켄이 줄기를 자세히 살필 때였다.

"뭐, 뭐야!"

덩굴줄기 사이로 희미한 빛이 나왔다. 비켄이 깜짝 놀라 뒷걸음치자, 원형의 빛이 점점 커져 마치 게이트를 이루듯이 변형되었다.

게이트는 점점 커지더니 갑자기 아이 두 명이 그 사이로 튀어나왔다. 비켄은 너무 놀라 신음조차 내뱉지 못했다.

그중 한 아이는 비켄도 아는 인물이었기 때문이었다.

"주, 주디?"

"흐읍……!"

주디는 사람이 있을지 몰랐다는 듯, 두 손으로 입을 막고 깜짝 놀랐다.

소스라치게 놀랐지만 상대가 비켄인 걸 알자마자 다짜고짜 비켄의 옷자락을 잡았다.

"숨겨주세요!"

"아니, 도대체 무슨 일이야. 그 아이는 누구고?"

비켄은 주디와 함께 나온 아이를 살펴보았다. 아이는 온몸이 피투성이였다. 옷은 여기저기 찢겨 있었고, 몸도 떨고 있었다. 척 봐도 상태가 좋지 않아 보였다.

하지만 비켄은 바로 괜찮냐는 말을 하지 못했다. 아이의 찢긴 옷은 퍽 익숙했다.

멸룡도가.

며칠 전에도 습격을 막았던 그들이었다.

주디는 비켄에게 애원했다.

"살려주세요. 이 아이는 제 동생이에요."

동생?

비켄은 주디가 예전에 했던 얘기를 떠올렸다.

'아버지가 용의 일족을 배신하고 멸룡도가 되었다고 했지.'

문득, 비켄은 아까 솔과 했던 얘기를 떠올렸다. 무언가 속단하고 싸우기 이전에 충분한 대화가 필요하다고 했다.

그렇기도 했지만, 비켄으로선 많이 다친 아이를 용의 일족의 손에 넘길 수가 없었다.

비켄은 다시 소년을 다시 바라보았다. 아이는 제대로 먹지 못한 듯 키가 작고 팔도 다리도 다 가늘었다.

'주디보다도 어린 아이가 아파하는 걸 보고 싶지 않아.'

비켄이 잠시 생각에 잠겨 아무 말도 하지 않자, 주디는 더 애원했다.

"제발요. 은혜는 꼭 갚을게요. 숨겨주세요."

그때, 근처에서 인기척이 들렸다. 시간이 없었다. 이제 선택을 해야 했다.

비켄은 대답하는 대신, 덩굴에 마력을 흘려 보냈다. 크게 키웠던 덩굴은 이제 저 멀리서도 보일 만큼 거대해졌다.

아마 이 덩굴이라면 아이 두 명은 넉넉하게 숨길 수 있을 것이다.

비켄은 아이들을 덩굴 속에 파묻고 입구를 봉쇄했다. 덩굴은 비켄의 의지를 아는 듯 두 아이를 부드럽게 감싸서 안에 숨겼다.

곧 용의 일족 몇 명이 다가왔다. 비켄은 아무렇지도 않게 덩굴의 새순을 채집하는 척했다.

"흐음. 너희도 내 약초가 되어 주렴~!"

용의 일족은 비켄에게 다가와 다짜고짜 용건을 말했다.

"아이를 못 봤습니까?"

"아이요?"

비켄은 눈을 깜박였다. 연기가 어설프면 큰일이었다. 하지만 비켄은 아이돌이었다. 카메라에 익숙한 만큼, 표정 연기도 자연스러웠다.

용의 일족은 눈을 찌푸린 채, 비켄이 키운 덩굴을 바라보았다.

"뭐가 이렇게 크죠?"

"일부러 크게 키웠으니까요. 여린 새순이 상처 회복에 효과적이거든요. 많을수록 좋잖아요. 요즘 습격도 많고요."

용의 일족은 비켄의 말을 전적으로 다 믿는 것 같지는 않았다. 하지만 비켄의 연기는 의심하기 힘들 만큼 자연스러웠다.

그러던 와중, 덩굴에서 아주 옅지만 마력의 흔적이 느껴졌다.

용의 일족은 날카로운 지팡이로 덩굴을 푹푹 찔렀다. 비켄은 조금 놀랐지만, 태연한 척하며 바라보았다.

'저기에 맞으면 큰일인데······.'

계속 찔렀지만 결국 아무것도 나오는 게 없자 그들은 바로 뒤돌아섰다.

"쥐새끼들이 빠르긴 하군."

"흠. 다른 곳에서도 마력이 느껴집니다."

"그곳으로 가야겠군."

용의 일족은 비켄을 흘끔 보며 돌아서서 걸어갔다. 비켄은 용의 일족 마법사들이 완전히 사라질 때까지 새순을 채취하는 척했다.

마침내 그들이 완전히 사라졌다. 비켄은 주위를 돌아보며 조그맣게 말했다.

"이제 괜찮아. 완전히 간 것 같아."

덩굴은 부드럽게 아이 둘을 뱉어냈다.

"감사합니다, 감사합니다!"

주디와 아이는 그제야 연신 고개를 꾸벅이며 숨을 길게 내쉬었다.

제 60 화

마법서의 실마리

용의 일족이 지팡이로 사정없이 찔러댈 때, 숨도 쉬지 못했을 것이었다.

비켄은 아이들의 모습을 확인하며 말했다.

"괜찮아?"

"옷이 좀 찢겼지만 괜찮아요. 덩굴이 우리를 막아줬어요."

비켄은 조금 웃으면서 덩굴을 쓰다듬었다. 칭찬을 받은 덩굴은 그게 기분 좋은지 더 요란하게 꿈틀거렸다.

용의 일족이 갔지만, 안심할 수는 없었다. 비켄은 아이들을 덩굴 속에 반쯤 숨겨 두었다.

그러고는 주디의 손을 꼭 잡아 작은 목소리로 물었다.

"아버지와 연락이 된 거야? 동생은 어떻게 여기 있고?"

"그, 그게 좀⋯⋯."

"말해줘."

잡은 손이 살짝 움찔했다. 비켄은 주디의 눈을 피하지 않았다.

"사실 아버지가 떠나기 전에 쪽지를 주고받을 수 있는 나무 구멍을 알려줬어요. 물론 그 쪽지는 한 번도 소통이 된 적이 없었어요. 제 쪽지만 수북이 쌓여 갔죠. 그런데 최근에 동생이 여기로 오면서 드디어 쪽지가 사라지고 연락이 닿았어요."

비켄은 솔이 보았던 '주디의 오랜만에 만난 친구'가 동생이란 걸 깨달았다. 하지만 바로 짚고 넘어가야 할 것이 있었다.

"이 아이, 우리를 공격한 멸룡도가의 마법사야?"

주디는 비켄의 손을 꽉 쥐었다.

"아니에요! 창은 아직 어려요. 창이 여기로 온 이유는, 포로가 된 멸룡도가의 마법사들이 어디 있는지 알아보려는 거예요!"

비켄은 순간 어깨를 움찔했다. 공교롭게도 그건 비켄도 궁금한 거였다.

'그렇지만…… 그래도, 이 아이는 멸룡도가잖아.'

비켄은 끔찍했던 전투를 떠올렸다. 이 아이가 우리를 공격한 사람은 물론 아닐 테지만, 그래도 적은 적이었다.

비켄은 이제야 자신이 한 일을 깨달았다. 적을 숨기고 지켜준 것이었다. 다가올 후폭풍이 무서웠다.

하지만 멸룡도가 마법사의 몸을 비틀던 용의 일족의 무자비함이 바로 떠올랐다.

'작은 아이가 그런 꼴이 되는 걸 내버려둘 수 없잖아.'

설사 시간을 되돌린다고 해도, 자신은 이 아이를 숨겨줄 것 같았다. 비켄은 긴 한숨을 내쉬었다.

"일단…… 그래. 그렇구나."

"제발 용의 일족에게 말하지 말아주세요."

"주디야, 내가 말할 거였으면 애초에 숨겨주지도 않았을 거야."

주디는 말이 없었다. 비켄은 복잡한 이유 같은 건 접어두고, 일단 중요한 일을 물었다.

"숨어 지낼 곳은 있어?"

주디와 아이는 크게 움찔했다. 그러더니 덩굴을 헤치고 얼굴만 빼꼼 내밀었다. 아이들의 눈동자는 매우 촉촉했다.

"다시 잡히면 안 되잖아. 안전한 곳이 있는 거야?"

아이들은 서로를 보다가 눈치를 보며 말했다.

"안전한 곳이 있어요."

"우리를 도와주셨으니 말할게요. 성의 입구에서 왼쪽으로 세 걸음, 오른쪽으로 네 걸음 가면 거울로 둘러싸인 71호 방이 있어요. 그곳에 숨어 있을 거예요. 그곳을 아는 사람은 저밖에 없어요."

그래도 도망갈 곳은 있는 모양이었다. 비켄은 고개를 끄덕였다.

"다행이다. 시간 날 때 나도 들러볼게. 먹을 것도 필요할 거 아니야."

"감사합니다."

"꼭꼭 잘 숨어 있어야 해."

주디는 복잡해 보이는 표정으로 생긋 웃었다. 비켄이 손을 놓아 주자, 아이들은 인사하며 냇가 쪽으로 사라졌다.

비켄은 사라지는 인영들을 보면서 뺨을 살짝 긁었다.

'용의 일족이야 그렇다 쳐도, 멤버들에게는 말해야 하나?'

비켄은 멤버들의 얼굴을 하나하나 떠올렸다. 솔과 아비스는 비켄의 선택을 이해해줄 것이었다. 타호는 약간 못마땅한 기색을 보이더라도, 그게 다일 듯했다.

하지만 유진은……, 유진은 멤버들을 위험에서 지키기 위해 고통스러운 빙의 마법을 망설임 없이 계속 쓰고 있었다.

비켄은 유진의 팔을 떠올렸다. 그 팔을 처음 봤을 때 흉하다는 감정이 들지는 않았다. 그저……

'무서웠어.'

유진의 팔 외에 다른 부분도 모두 변해버리면 어쩌나 걱정되었다.

'주디의 동생에 관한 건 유진 형에게는 말할 수 없어.'

그렇다고 유진 형만 뺀 다른 멤버들에게만 말하는 것도 이상했다. 차라리 혼자 알고 있는 게 나을 것 같았다.

그때, 등 뒤에서 인기척이 들렸다. 비켄은 깜짝 놀라 돌아봤다. 솔이 달려왔다.

"습격은 아니고, 용의 일족이 누군가를 쫓는 거 같더라. 그런데 놓쳤는지 이제 사라진 것 같네."

"크, 큰일은 아닌 거 같네."

"그렇긴 하지만, 오늘 밤 우리도 조심하자."

"그, 그래."

비켄은 괜히 덩굴을 만지작거리며 솔의 얼굴을 바라보았다. 지금 말해야 할까, 말까. 계속 고민이 됐다.

하지만 비켄의 생각은 변함없었다.

'말하지 말자.'

결국, 비켄은 입을 다물었다.

아무것도 모르는 솔은 바람에 흐트러진 머리를 쓸어올렸다. 비켄은 그 모습을 보다가 말했다.

"나 다 했어. 들어가자, 형."

"응."

솔은 아무것도 모른 채 고개를 끄덕였다. 비켄은 한숨을 길게 내쉬었다. 멤버들이 모르는 비밀을 만드는 건 별로 좋은 기분이 아니었다.

깜빡, 깜빡.

타호는 뻑뻑한 눈을 감았다가 떴다. 타호는 습관처럼 손목에 찬 스마트 워치를 확인했다. 드래곤 피크와 현실의 시간은 여전히 크게 차이가 났다.

새삼 타호는 그게 참 다행이라고 생각했다. 만약 그게 아니었으면, 훈련과 활동을 병행하는 건 불가능에 가까웠을 것이다.

타호의 허리는 비명을 지르고 있었고, 눈도 타오르듯 아팠다.

타호는 눈을 감고 살살 문질렀다. 하지만 타호는 좀처럼 쉴 수 없었다.

'마법서를 빨리 해석해야 하니까.'

타호는 눈물 고인 눈을 살짝 떴다. 탁자 위 공책에는 타호가 여태 해석해놓은 문구들이 즐비했다. 성과가 없는 것은 아니었지만, 이 해석이 맞는지는 여전히 알 수 없었다.

눈은 너무 시렸다. 타호는 왜 자신의 빙의 마법이 발현되는 신체가 눈인지 살짝 짜증이 났다. 책을 봐야 하는데, 도통 도움이 되지 않았다.

타호는 한숨을 내쉬며 자리에서 일어났다. 이럴 때는 비켄이 만들어 놓은, 눈에 좋은 포션이라도 마시는 게 좋았다. 물론 그 포션은 그렇게 비약적인 효과가 있는 건 아니지만, 그래도 없는 것보다는 훨씬 나았다.

'다 떨어졌네.'

책상에는 이미 마신 빈 병만 뒹굴었다. 타호는 포션을 가지러 복도로 나갔다. 눈가를 계속 문지르며 터덜터덜 걸어갈 때였다.

유진의 방 문이 살짝 열려 있었다.

타호는 잠시 그 자리에 섰다. 유진의 모습이 보였다.

유진은 뿔이 난 머리를 부여잡고 괴로워하고 있었다. 팔은 다시 원래의 모습으로 돌아왔지만, 머리에 돋아난 뿔은 다시 없어지지 않은 채였다.

"으으……."

유진은 침대에 파묻혀서 신음도 못 냈다. 아마 열도 심할 것이다. 타호는 깊은 한숨을 내뱉었다.

멸룡도가가 나타난 뒤, 모든 것이 엉망진창이 되어갔다. 아니, 마법을 발현한 뒤부터일지도 몰랐다. 물론 그전도 썩 좋은 상황은 아니었지만.

'왜 이렇게 계속 힘들어야만 하는 걸까. 답이 보이지 않아.'

습격은 계속되었고, 자잘한 승리는 이어졌지만 싸움의 원인 자체를 이해할 수 없었다. 그래서 굉장히 불안했다.

허공을 헤매는 듯한 느낌이었다.

타호는 우선 생각하기를 멈추고 유진의 방 문을 열고 들어갔다. 유진은 타호가 다가서는 걸 알아채지도 못할 만큼 고통스러워 보였다.

타호는 유진의 이마에 얹어 놓은 수건을 만져 보았다. 오래되었는지 이미 미지근해져 있었다. 타호는 수건을 들고 주위를 둘러보았다. 방 안에는 솔이 냇가에서 떠온 물이 있었다.

손을 넣어 보니 아직 시원했다. 타호는 수건에 물을 적셔서 한번 꼭 짠 뒤, 다시 유진의 이마에 얹어줬다. 차가운 게 닿으니까 좀 나은지, 유진이 신음을 내뱉었다.

"타호……?"

이 고통을 덜어줄 수도 없었다. 타호는 착잡함에 한숨을 내쉬었다.

"응, 형. 타호야."

뭔가 이 상황을 타개할 방법이 없는 걸까.

'마법서라도 해석한다면…….'

그러면 모든 것이 달라지지 않을까.

하지만 마법서 해석은 나아간다 싶으면 계속 멈췄다. 용과 관련되었다는 사실을 알았을 때, 이제 됐다고 생각했지만 그것도 또 아니었다.

'삽화라도 실마리가 보이면 좋을 텐데, 무언가의 형체라기보다는 추상화 같아서 도통 알 수가 없어.'

하도 많이 봐서 그 삽화는 이미 외운 지 오래였다. 심지어 그릴 수도 있었다. 타호는 허공에 손가락으로 삽화를 그리다가 순간 고개를 들었다.

눈앞에는 침대에 누워 있는 유진의 뿔이 보였다.

갑자기 머릿속에 퍼즐이 맞춰지는 느낌이었다.

"혀, 형. 누워 있어!"

타닥, 탁!

타호는 재빨리 자신의 방으로 달려갔다. 그러고는 해석하려고 수없이 쌓아둔 노트를 펼쳤다.

마지막으로 해석했던 문구와 삽화, 그리고 자신이 허공에 그리던 유진의 뿔 모양새를 맞춰봤다.

'개를 먹어서는 안 되는 사람. 대체 무슨 뜻이지? 앗, 잠깐!'

타호는 이 말을 알았다. 한번 들어본 적이 있었다.

매직 아일랜드의 수상한 점술사가 말했었다. '개를 먹어서는 안 되는 사람'이 유진의 진명이라고 말이다.

타호는 그 문구에 대해 더 자세히 알아보기 위해 관련한 말이나 신화 등을 찾아보았다.

그러다 '쿠훌린'의 신화 중, '개를 먹어서는 안 된다는 규칙을 어겨서 죽음에 이르게 되었다'라는 사실이 있는 것을 알게 되었다.

'뛰어난 전사였고, 훌륭한 영웅이었지만, 싸우다 죽음을 맞이한 전사. 쿠훌린. 쿠훌린……'

순간 실마리가 잡힌 타호는 그때 점술사에게 들었던 문구들을 적어 내려가기 시작했다.

'비켄에게는 상자 가장 안쪽에 들어 있던 것이라고 했어. 그건…….'

대입시키자마자, 다른 단어도 해석이 가능해졌다. 한번 풀린 실마리는 거침없이 진행되었다.

타호는 멈추지 않았다.

판도라의 상자와 관련된 설화에서는, 여러 종류의 악과 역병이 퍼진 이후에 가장 안쪽에 들어 있던 것을 일컬어 '희망'이라고 했다. 그렇다면, 비켄은 희망을 의미하는 것일 터였다.

타호는 차근차근 다른 멤버들의 진명도 떠올렸다. 아비스는 '미궁의 설계자'였다. 이세계 아비스도 미궁에 악을 가뒀었는데, 뭔가 연관이 있는 듯했다.

타호는 설계자와 관련된 신화를 생각했다. 그러자, 이카로스의 아버지이자 이카로스가 달았던 날개를 고안해 낸 '다이달로스'가 떠올랐다.

솔은 '아무도 그의 말을 믿어주지 않는 사람'이었다.

그때는 무슨 그런 말을 하느냐며 눈살을 찌푸리고 넘어갔지만, 이제 생각하니 어느 정도 맞는 말인 듯했다.

솔은 남다른 예지력을 갖고 있었고, 터무니없는 말을 하는 듯했지만 모두 얼추 맞아떨어지는 부분이 있어서 신기했다.

타호는 그 문구와 관련된 신화를 떠올렸고, 솔의 진명은 그리스 신화 속 아무도 믿어주진 않았지만 혼자 옳은 예언을 한 '카산드라'와 매칭됨을 알게 되었다.

타호는 마지막으로 자신의 진명을 떠올렸다.

'깊이 뿌리 내린 고목에 거꾸로 매달린 사람. 이건 누구를 의미하는 거지?'

타호는 관련한 의미를 찾아본 뒤 알게 되었다. 자신은 세상의 모든 마법을 배운 현자 '오딘'을 뜻하는 듯했다.

"아……."

오딘이란 단어를 마지막으로 적은 타호는 해냈다는 느낌에 작게 신음을 내뱉었다.

'각자의 진명은 추상적이기만 했었는데, 각각 누구를 의미하는지 정체를 알게 되었어. 이제 우리는 전만큼 헤매지 않을 거야! 이걸 토대로 무언갈 알 수 있겠지?'

유진 형도 더는 아프지 않을 거야. 솔 형도 안심할 거고, 비켄과 아비스도 걱정을 덜 하겠지.

타호는 노트를 바라보았다.

그때였다. 너무 혹사해서인지 눈이 따가웠다. 반사적으로 눈물이 나왔다.

툭-.

한 방울이 턱을 타고 흘러내려 노트에 스며들었다. 타호는 눈을 깜박이며 계속 해석본을 주시했다.

'어? 이, 이건⋯⋯.'

타호는 다시 노트를 바라보았다.

'자, 잠깐. 그때 매직 아일랜드에서 진명이란 무엇을 의미한다고 그랬더라?'

타호는 옛 기억을 꺼냈다.

〈진명이란, 각자의 고유한 '진짜 이름'을 뜻합니다. 사람이 지어준 이름이라기보다는 영혼의 본질에 가깝겠네요. 세상 모든 것은 진명을 타고납니다. 그 진명을 알면 앞으로 예정된 삶을 대략적으로 알 수 있죠.〉

타호가 중얼거렸다.

"예정된 삶⋯⋯."

타호는 처음 실마리가 되어 주었던 유진의 삽화를 다시 바라보았다.

뿔이 난 쿠훌린.

"싸우다가 죽은 전사……?"

타호는 누군가 뒤통수를 친 듯, 한 번에 깨달았다. 마법서에 나온 이들은 하나같이 결말이 비극적이었다.

〈별을 쫓는 소년들〉 5권 끝

별을 쫓는 소년들 5

WITH +OMORROW × +OGETHER

2023년 12월 20일 초판 1쇄 발행

기획/제작 | HYBE
공동기획 | WEBTOON

발 행 인 | 정동훈
편 집 인 | 여영아
편집국장 | 최유성
편   집 | 양정희 김지용 김혜정 김서연
디 자 인 | DESIGN PLUS

발 행 처 | (주)학산문화사
등   록 | 1995년 7월 1일
등록번호 | 제3-632호
주   소 | 서울특별시 동작구 상도로 282 학산빌딩
편 집 부 | 02-828-8988, 8836
마 케 팅 | 02-828-8986

ISBN 979-11-411-2001-6 03810
ISBN 979-11-411-1996-6 (세트)

값 9,800원